Florence Hurd

Das Geheimnis von Schloß Awen

Roman

**Wilhelm Heyne Verlag
München**

HEYNE ROMANTIC-THRILLER
Nr. 03/2282

Titel der amerikanischen Originalausgabe
THE SECRET OF AWEN CASTLE
Deutsche Übersetzung von Gabriele Franz

Neuausgabe des Heyne Taschenbuches Nr. 03/1964
Copyright © 1974 by Florence Hurd
Printed in Germany 1989
Umschlagfoto: Quelle Presse/Freiburg
Umschlaggestaltung: Atelier Ingrid Schütz, München
Gesamtherstellung: Ebner Ulm

ISBN 3-453-03510-0

1

Mrs. Beechams schwarze Augen musterten mich mit scharfem Blick. Es waren Augen, die alles zu durchschauen schienen. An der Art, wie sie den billigen Ehering an meinem Finger betrachtete und dann wieder forschend in mein Gesicht schaute, erkannte ich, daß sie genau wußte, daß ich gelogen hatte, daß mein Name nicht Mrs. Adam Waverly war und daß ich nicht die Witwe war, für die ich mich ausgegeben hatte. Und sie hatte wahrscheinlich auch erraten, daß ich niemals verheiratet gewesen war.

»Sie sagen, daß Ihre Eltern tot sind?« fragte sie.

»Ja, das stimmt«, erwiderte ich und blickte ihr dabei fest in die Augen, obwohl auch dies eine Lüge war. Aber eigentlich nur eine halbe Lüge. Für mich waren meine Mutter und mein Vater tot. Vor etwa einem Monat hatte mein Vater in seiner Wut gesagt: »Hier hast du genügend Geld, um für einige Zeit leben zu können. Aber wenn es aufgebraucht ist, kannst du nicht mehr mit uns rechnen. Wir möchten dich nie wieder sehen oder von dir hören. Niemals, hörst du! Du bist keine Wiscombe mehr und nicht mehr unsere Tochter.« Und Mama hatte mit schuldbewußtem Gesicht dabeigesessen und kein Wort zu meiner Verteidigung hervorgebracht.

»Sie haben also keine Familie und sind ganz allein?« wollte Mrs. Beecham wissen.

»Ja, ganz allein.« Das war auch nicht die volle Wahrheit, denn es gab noch Randolph, meinen jüngeren Bruder. Er war sechzehn und ging noch zur Schule, und ihn hätte ich wohl kaum um Hilfe bitten können.

»Wie traurig«, murmelte Mrs. Beecham. Nach einer Weile bemerkte sie: »Mrs. Jarvis erzählte mir, daß Ihr ganzes Geld gestohlen wurde.«

»Ja, es war sehr dumm von mir, alles bei mir zu tragen.« Meine Wirtin, Mrs. Jarvis, hatte großes Entgegenkommen gezeigt, als sie von meinem Unglück erfuhr. Sie hatte mir versichert, daß ich ohne Bezahlung so lange bei ihr wohnen könnte, bis ich eine Stellung gefunden hatte. Und dann hatte sie mir eines Tages eröffnet, daß ihre Freundin, Mrs. Beecham, die Haushälterin von Lady Igraine in Schloß Awen, nach London kommen würde, um einige Dienstboten zu suchen. Mrs. Beecham hatte ihr geschrieben, daß Lady Igraine auch eine Sekretärin einstellen wollte. Trotz meiner Bedenken hatte Mrs. Jarvis mich wärmstens empfohlen und dieses Treffen mit Mrs. Beecham vereinbart.

»Das Kind, das Sie erwarten... wann wird es zur Welt kommen?« erkundigte sich Mrs. Beecham.

»In vier Monaten, Mrs. Beecham, Mitte März.« Das war allerdings die volle Wahrheit, eine Tatsache, die ich sehr bald kaum länger verbergen konnte. Deshalb hatte ich Mrs. Beecham von vornehrein über meinen Zustand informiert, obwohl ich sicher war, daß sie es bereits von Mrs. Jarvis erfahren hatte.

»Es ist schade, daß sein Vater es niemals sehen wird«, bemerkte Mrs. Beecham beiläufig.

»Ja...« Mehr konnte ich nicht hervorbringen, da ich fühlte, wie mir die Tränen in die Augen stiegen. Eine innere Stimme, der Gedanke, der mich in der ganzen schweren Zeit aufrecht gehalten hatte, durchzuckte mich. Adam, es tut mir nicht leid!

Adam, guter, wundervoller Adam. Mein Geliebter, meine Stütze, mein zukünftiger Ehemann.

Für unser Verhalten gab es keine Entschuldigung, es war eine Sünde. Aber die große Liebe, die uns verband, und das Verlangen, das uns in dieser kurzen Stunde überwältigte, hatte es uns vergessen lassen. Wir waren schon lange Zeit verlobt gewesen. Adams Mutter hatte eine lange Verlobungszeit verlangt, mit der Begründung, daß ich noch so jung war — ich war gerade neunzehn —, aber der wirkliche Grund lag wohl darin, daß sie dagegen war, daß ein Hayworth die Tochter eines Kaufmanns heiratete, auch wenn dieser der Besitzer der Wiscombe-Werke war und weitaus reicher als die verarmten, aristokratischen Hayworths. Zuerst hatte Adam sich ihrem Willen gebeugt, aber in der Nacht, bevor er als Erster Offizier auf der Columbia segelte und wir uns beide bewußt wurden, wie sehr wir uns liebten, hatte er mir das Versprechen gegeben, mich nach seiner Rückkehr zu heiraten.

Ein Versprechen, das nie gehalten wurde.

Zwei Tage, bevor das Schiff seinen Heimathafen erreichen sollte, geriet es in einen schweren Sturm und sank. Es gab drei Überlebende. Adam war nicht unter ihnen.

»Nun...«, sagte Mrs. Beecham plötzlich. »Wie ich schon erwähnt habe, sucht Lady Igraine eine Sekretärin.« Sie warf einen Blick auf das Blatt Papier, auf dem sie mich einen Auszug aus der Bibel hatte schreiben lassen. »Ihre Schrift ist hervorragend. Ich glaube, Lady Igraine wird mit Ihnen mehr als zufrieden sein.«

Überrascht und erfreut, aber dennoch ein wenig verwirrt, wandte ich ein: »Aber mein — mein Zustand?«

»Daran wird Lady Igraine keinen Anstoß nehmen. Sie ist eine überaus verständnisvolle Frau. Sie hat selbst einen Sohn und ein Enkelkind.«

»Sie sind zu gütig«, sagte ich dankbar und erleichtert.

Nun würden ich und mein Kind — Adams Kind — ein Zuhause haben, und ich brauchte nicht länger in der Angst vor dem Armenhaus zu leben.

Wie oft habe ich an dieses Gespräch mit Mrs. Beecham und meinen jugendlichen Optimismus gedacht. Wenn ich damals geahnt hätte, welche Schrecken die Zukunft mir bringen würde, hätte ich das Armenhaus mit Freuden vorgezogen.

Zwei Tage später verließen wir London. Mrs. Beecham hatte mir angeboten, in ihrem Abteil zu reisen, während die beiden Dienstmädchen, die sie ebenfalls eingestellt hatte, dritter Klasse fuhren. Ich fragte mich, warum Mrs. Beecham die lange, beschwerliche Reise von Cornwall nach London unternehmen mußte, um Dienstboten zu finden. Sie mußte meine Gedanken erraten haben, denn als wir unsere Plätze eingenommen hatten, erklärte sie: »Ich habe nicht besonders viel für London übrig. Aber in unserer Nachbarschaft können wir kein passendes Personal bekommen. Die Leute im Dorf sind Fischer und Bauern, sie sind für unseren Haushalt nicht geeignet.«

Ich hätte gerne noch mehr über das Schloß und meine

Arbeitgeberin, Lady Igraine, erfahren, aber Mrs. Beecham war während der ganzen Fahrt sehr einsilbig. Ich konnte nur so viel herausbekommen, daß Lady Igraine eine sehr gebildete Frau war, und daß ihr Sohn Stuart, seine Frau Constance und deren sechsjähriger Sohn bei ihr im Schloß lebten.

Mrs. Beechams distanziertem Verhalten entnahm ich, daß sie mit mir keine persönlichen Beziehungen eingehen wollte. Aber als wir Dartmoor erreichten, ereignete sich etwas Seltsames.

Ich erinnere mich, daß wir spät in der Nacht dort angekommen waren und in einem Gasthof übernachteten, um am nächsten Morgen mit einer Kutsche der Igraines das letzte Stück unserer Reise zurückzulegen. Es regnete in Strömen, als wir die Kutsche besteigen wollten. Bevor ich die ausgestreckte Hand des Kutschers ergreifen konnte, rutschte ich plötzlich aus und wäre hingefallen, wenn Mrs. Beecham nicht hinzugeeilt wäre und mich aufgefangen hätte. Als ich zu ihr aufsah, bemerkte ich ihr leichenblasses Gesicht und ihre vor Schreck weit aufgerissenen Augen.

»Es ist nichts passiert. Wie dumm von mir ...«, murmelte ich, ein wenig erschrocken über ihre plötzliche Besorgnis.

Nachdem ich sie überzeugt hatte, daß ich unverletzt war, half sie mir behutsam in die Kutsche und hüllte mich fürsorglich in eine Decke. Ich war lediglich ausgerutscht und konnte gar nicht verstehen, warum Mrs. Beecham, die mich bisher kaum beachtet hatte, mich nun auf einmal wie ein zerbrechliches Porzellanpüppchen behandelte.

Gleich nach der Abfahrt verhielt sie sich jedoch wieder genauso reserviert wie zuvor. Wegen des Regens durften die beiden Dienstmädchen bei uns in der Kutsche sitzen. Die eine, die Bridget hieß, war ein blasses Mädchen mit großen, hellen Augen. Die andere hatte ein schmales, zartes Gesicht und grobe, rote Hände. Zuerst flüsterten die beiden aufgeregt und ängstlich miteinander, aber nach einem strengen Blick von Mrs. Beecham verfielen auch sie in Schweigen.

»Wir sind gleich da«, sagte Mrs. Beecham. Das waren die einzigen Worte, die sie während der ganzen, mehrstündigen Fahrt äußerte. Ich schaute aus dem Fenster, als wir vor einem hohen, verrosteten Tor anhielten. Aus einer Strohhütte sprangen zwei riesige rotbraune Hunde hervor, gefolgt von einem alten Mann, der in gebückter Haltung auf das Tor zuschlurfte. Ich sah, wie er durch die Gitterstäbe mit dem Kutscher sprach. Dann öffnete er das Tor, und wir fuhren hindurch.

Die Auffahrt führte einen langgestreckten Hügel hinauf und bog in ein düsteres Wäldchen von gewaltigen Eichen ein. Die dichten Zweige streiften die Kutsche, und die nassen Blätter schienen wie Geisterhände nach dem Fenster zu greifen und uns nicht wieder loslassen zu wollen. Dieser Anblick ließ in mir eine seltsame Übelkeit aufkommen, und ich war froh, als wir endlich wieder in eine offene Wiesenlandschaft hinausfuhren. In der Ferne erblickte ich zum ersten Mal das Meer.

Der Weg schien sich endlos hinzuziehen. Aber plötzlich erhob sich aus der zunehmenden Dunkelheit und aus grauen, dahintreibenden Wolken Schloß Awen. Hoch oben auf einem Felsengebirge stand es wie eine altertümliche, steinerne Festung und schien mit seinen halbverfallenen Türmen und Schießscharten einer längst vergangenen Zeit anzugehören. Es kam mir so einsam und verlassen vor, daß ich mir nicht vorstellen konnte, daß Menschen in diesen zerfallenen Mauern leben konnten. Einen Moment lang glaubte ich, dies alles nur in meiner Fantasie gesehen zu haben, aber einige Minuten später hielt unsere Kutsche vor einer niedrigen Steintreppe, die zu einer gewaltigen Eichentür führte.

Ein alter Mann, der dem Wächter am Tor zum Verwechseln ähnlich sah, ließ uns herein. Sobald sich die Tür hinter uns geschlossen hatte, überkam mich eine plötzliche Vorahnung von drohendem Unheil. Es war mir, als hätte mich eine eiserne Tür eingeschlossen, eine Tür, die so fest verschlossen war, daß es mir nie gelingen würde, sie je wieder zu öffnen. Ich mußte all meine Kraft aufbieten, um nicht zurückzulaufen mit der Entschuldigung, daß ich meine Meinung geändert hätte und nach London zurückfahren wollte.

Aber Mrs. Beecham hielt meinen Arm fest und führte mich durch die große, düstere Halle. »Wenn Sie in der Bibliothek warten wollen«, hörte ich sie sagen, »dort ist es wärmer. Ich werde Lady Igraine rufen.«

In der Bibliothek war es jedoch kaum angenehmer als in der eisigen Halle, und selbst ein flackerndes Feuer im Kamin ließ diesen dunklen, riesigen Raum nicht freundlicher erscheinen. Ich trat zum Fenster und schaute auf das unruhige, endlose Meer hinaus. Während ich auf die tosenden Wellen hinabstarrte, die mit wilder Gewalt gegen das felsige Ufer schlugen, versuchte ich, nicht an Adam zu denken, der irgendwo dort draußen in diesen ungeheuren Fluten umgekommen war.

Ich weiß nicht mehr, wie lange ich dort stand, bevor ich gewahr wurde, daß mich jemand beobachtete. Ich hatte jemanden hereinkommen hören und fürchtete mich davor, mich umzudrehen. Aber ich konnte nicht ewig dastehen und vorgeben, in den Anblick des Meeres versunken zu sein, also wandte ich mich schließlich langsam und zögernd um.

Im Halbdunkel konnte ich eine Frau erkennen. Sie war ganz in Weiß, und auch ihr Haar, das ihr über die Schultern fiel, schimmerte weiß. Ihre Gesichtszüge waren nicht zu erkennen, und einen Moment lang dachte ich, daß sie, genau wie mein erster Eindruck von dem Schloß, nicht wirklich war, sondern eine Fantasiegestalt.

Aber dann trat sie auf mich zu und sagte: »Sie müssen Mrs. Waverly sein.« Sie hatte eine leise, angenehme Stimme.

»Ja ... das bin ich ...«

»Ich bin Lady Igraine.« Sie reichte mir ihre eiskalte Hand. »Es tut mir leid, daß ich Sie so lange warten ließ.«

Sie hatte ein merkwürdiges, beinahe unnatürliches Gesicht. Es war sehr blaß, mit unbeschreiblich hellen, blauen Augen und fast unsichtbaren Wimpern. Ihr Haar war nicht weiß, aber so hellblond, daß es weiß aussah.

»Mrs. Beecham hat mir nicht erzählt, was für eine hübsche Frau Sie sind«, bemerkte Lady Igraine mit einem schwachen Lächeln. »Und Ihr Haar ... welch herrliches Rotbraun. Es hat die Farbe des Laubes zur Zeit der Tag- und Nachtgleiche im Herbst. Wie ich Sie um dieses Haar beneide. Meines hat überhaupt keine Farbe.«

Darauf wußte ich nichts zu erwidern, also schwieg ich. Auch sie verfiel in Schweigen und starrte mich nur unverwandt an.

»Verzeihen Sie mir«, sagte sie endlich, wobei sie sich mit Gewalt aus ihrer Versunkenheit zu lösen schien. »Ich wollte nicht unhöflich sein, aber wir sehen so wenige neue Gesichter hier in Awen. Ich hoffe, unser einsames Leben wird Ihnen nichts ausmachen.«

»Nicht im geringsten, Lady Igraine. Wie Sie sehen, bin ich in Trauer und ...«

»Ja, ja, natürlich. Sie müssen nach Ihrer langen Reise recht müde sein. Kommen Sie, ich zeige Ihnen Ihr Zimmer.«

Wir traten wieder in die riesige Halle hinaus und stiegen eine lange, gewundene Treppe hinauf, die von Petroleumlampen beleuchtet war. »Sie müssen bei diesen Stufen achtgeben«, warnte sie. »Sie sind gefährlicher als sie aussehen. Sie dürfen uns nicht hinunterstürzen.«

»So schnell falle ich nicht«, erwiderte ich lächelnd.

Glücklicherweise war mein Zimmer sehr viel gemütlicher als die Räume, die ich bisher gesehen hatte. In dem marmornen Kamin flackerte ein wärmendes Feuer, das einen rötlichen Schimmer über das hübsch verzierte Himmelbett, zwei Schreibtische, einen glänzenden Mahagonischrank, ein Sofa und einen Vorhang warf, hinter dem ich einen Waschtisch vermutete.

»Ich bin sicher, Sie werden sich hier wohl fühlen«, sagte Lady Igraine. »Das Abendessen wird in einer Stunde serviert. Mein Sohn und seine Frau freuen sich schon, Ihre Bekanntschaft zu machen.«

Ich sollte also mit der Familie speisen und nicht mit den Dienstboten. Dieser Gedanke heiterte mich ein wenig auf.

Lady Igraine fuhr fort: »Mrs. Beecham hat mir von Ihrer guten Erziehung und hervorragenden Handschrift erzählt. Ich bin sehr froh, eine so ausgezeichnete Sekretärin gefunden zu haben.«

»Ich freue mich, daß Sie gewillt waren, eine werdende Mutter in Ihre Dienste zu stellen.«

»Ich selbst habe auch einmal ein Kind erwartet.« Wieder zeigte sie dieses merkwürdige Lächeln. »Und auch ich bin Witwe. Deshalb kann ich Sie sehr gut verstehen.«

Ich konnte mir nicht erklären, warum Lady Igraines freundliche Worte mich nicht glücklicher stimmten. Natürlich hatte ich nicht erwartet, daß sie mich freundschaftlich Charlotte nennen würde. Aber irgendwie fühlte ich, daß eine gewisse Kälte und stolzer Hochmut von dieser Frau ausgingen, die mich an ihrer Aufrichtigkeit zweifeln ließen.

Das war natürlich Unsinn. Diese Frau hatte mir die Güte erwiesen, mich in ihr Haus aufzunehmen, und sie behandelte mich eher wie einen Gast und nicht wie eine Angestellte. »Sie sind sehr gut zu mir«, sagte ich deshalb mit besonderer Wärme und Dankbarkeit.

Sie nickte. »Falls Ihnen noch irgend etwas fehlt, brauchen Sie nur zu klingeln. Ich werde Sie jetzt allein lassen, damit Sie sich ausruhen können.«

Sie hatte ihre Hand schon auf dem Türknopf, als sie sich plötzlich noch einmal umdrehte und fragte: »Geht es Ihnen gesundheitlich gut?«

»Meine Gesundheit ist ausgezeichnet.«

»Das freut mich. Sie brauchen sich über Ihre Niederkunft hier keine Sorgen zu machen. Mrs. Beecham ist zufällig auch eine sehr gute Hebamme. Sie sind hier bei uns ganz sicher.« Mit diesen Worten verließ sie mich.

Ganz sicher. Ich fand diesen Ausdruck etwas merkwürdig. Lange Zeit starrte ich auf die geschlossene Tür und spürte immer noch Lady Igraines Gegenwart; ihre letzten Worte gingen mir nicht aus dem Sinn.

Wovor sollte ich ganz sicher sein?

2

Nicht nur Lady Igraine hatte eine merkwürdige Art, sondern die ganze Familie. Wir waren zu fünft beim Abendessen. Lady Igraine saß am oberen Ende des langen, von Kerzen beleuchteten Tisches. Ihr Sohn, Stuart Igraine, hatte zu meiner Rechten Platz genommen, und seine Frau Constance und ihr kleiner Sohn Aubrey saßen uns gegenüber. Ich war überrascht, daß das Kind mit uns zu Abend essen durfte. Aber nicht nur das fiel mir auf, sondern auch, daß er von den Erwachsenen wie ein Gleichaltriger behandelt wurde.

Obwohl er ganz brav dasaß, machte er auf mich einen seltsam beunruhigenden Eindruck. Er war genauso blaß und hellblond wie seine Eltern und seine Großmutter und konnte seine wasserblauen Augen nicht von meinem Gesicht abwenden. In seinem Blick lag mehr als kindliche Neugier; und die beiden Male, die ich ihn bei Tisch sprechen hörte, war ich über seinen für ein Kind in diesem Alter ungewöhnlichen Wortschatz erstaunt. Aus der Unterhaltung entnahm ich, daß Lady Igraine selbst seine Ausbildung in die Hand genommen hatte.

Stuart Igraine starrte mich zwar nicht so an wie sein Sohn, aber ich bemerkte, daß er mir einmal einen verlangenden, beinahe hungrigen Blick zuwarf. Als ich ihm jedoch in die Augen sah, änderte sich sein Gesichtsausdruck, aber ich wurde das Gefühl nicht los, daß ich mich vor ihm in acht nehmen mußte.

»Es regnet hier wohl sehr häufig, Lord Igraine?« fragte ich höflich.

»Ja, wir haben viel Regen«, erwiderte er. »Ich bin allerdings nicht Lord Igraine, diesen Titel trägt mein älterer Bruder.«

»Vielleicht habe ich das nicht erwähnt«, warf Lady Igraine ein, »aber mein ältester Sohn lebt in der Bretagne. Er ist mit der Gräfin D'Argnot verheiratet.«

Dieses Beisammensein mit den Igraines empfand ich nicht gerade als angenehm. Constance wagte kaum, mich anzusehen, und saß mir die ganze Zeit schweigend und mit gesenktem Kopf gegenüber. Manchmal warf sie ihrer Schwiegermutter einen schüchternen Blick zu, aber niemand machte den Versuch, sie in die Unterhaltung mit einzubeziehen.

Nachdem das Abendessen beendet und Aubrey von seiner Kinderschwester zu Bett gebracht worden war, folgten wir Lady Igraine in den Salon. Ich war zutiefst erstaunt, daß mir niemand auch nur eine Frage über mein bisheriges Leben gestellt hatte.

»Gibt es eine Kirche im Dorf?« fragte ich Lady Igraine. Diese Frage stellte ich eigentlich nur, weil ich mir vorstellen konnte, der bedrückenden Gesellschaft der Igraines einmal entrinnen zu wollen.

»Es gibt eine kleine Kapelle«, antwortete Lady Igraine und nahm dann die Antwort auf meine nächste Frage schon vorweg. »Wir nehmen nicht an den Gottesdiensten teil. Mein verstorbener Gatte hatte vor einigen Jahren eine heftige Auseinandersetzung mit Vikar Fowler, und seit diesem Tag hat niemand hier vom Schloß jemals wieder die Kirche betreten. Aber wenn Ihnen sehr viel daran liegt, die heilige Messe zu besuchen...«, ihre letzten Worte hatten einen ironischen Unterton, »werde ich Garwin, den Kutscher, bitten, Sie nach Bodwin zu fahren.«

»Ist es sehr weit entfernt?«

»Ja, man braucht etwa zwei Stunden für die Hinfahrt und zwei Stunden zurück. Aber wenn Sie unbedingt möchten...«

»Nein«, sagte ich. »Es muß nicht sein.«

»Wir haben ein Altes Testament in der Bibliothek, jedoch in griechischer Sprache. Schade, daß Sie es nicht lesen können.«

Lady Igraine nahm das Buch eines antiken Philosophen zur Hand und begann, daraus vorzulesen. Nach fünf Minuten wurden meine Augenlider immer schwerer, und ich mußte ein Gähnen unterdrücken. Da ich nicht in Ungnade fallen wollte, indem ich während ihrer Vorlesung einschlief, bat ich Lady Igraine in einer kurzen Pause, mich zurückziehen zu dürfen.

»Aber natürlich. Wie gedankenlos von mir«, meinte Lady Igraine. »Constance wird Sie hinaufbegleiten.«

Constance, willig und gehorsam, war bereits aufgesprungen.

»Ich kenne den Weg«, sagte ich rasch. »Bitte, lassen Sie sich nicht stören.«

»Wie Sie wünschen«, antwortete Lady Igraine. »Sie erinnern sich sicher, die Haupttreppe hinauf, dann ist es die dritte Tür.«

Ich erinnerte mich nicht. Es gab noch eine zweite Treppe, die ich vorher nicht bemerkt hatte, und so mußte ich feststellen, daß die dritte Tür in das falsche Zimmer führte.

Welch ein unheimlicher und angsteinflößender Raum!

Eine einzige riesige Kerze in einem hohen Leuchter aus Alabaster enthüllte merkwürdige und geheimnisvolle Gegenstände. An einer Wand stach eine bronzene Maske besonders hervor, ein bärtiger Mann mit großen, wilden Augen. Vier kurze Hörner wuchsen aus seinem Kopf, und über dieser Maske hing eine Mondsichel, ebenfalls aus Bronze. Eine grobe, steinerne Statue mit einem scheußlichen Monstergesicht glotzte mich aus einer düsteren Nische an.

Plötzlich vernahm ich ein Geräusch hinter mir. Ich schloß rasch die Tür und drehte mich um. Stuart Igraine stand ganz dicht vor mir. Ich hatte ihn nicht kommen hören, und sein plötzliches Erscheinen erschreckte mich genauso wie dieser unheimliche Raum.

»Ich . . . ich . . .« Meine Lippen zitterten.

Er sprach kein Wort, sondern sah mich nur mit diesen hungrigen Augen an, die im Licht der Petroleumlampen gierig funkelten. Ich erschauerte und trat instinktiv ein paar Schritte zurück.

»Sie brauchen keine Angst zu haben, Mrs. Waverly«, sagte er mit leiser, einschmeichelnder Stimme. »Ich werde Sie nicht anrühren oder in irgendeiner Weise belästigen. Ich respektiere es, daß Sie eine werdende Mutter sind. Sie können mir glauben, ich meine es ehrlich.«

Seine Worte klangen nicht sehr beruhigend. »Ich habe mich in der Treppe geirrt.« Es war mir nicht möglich, ihm in die Augen zu schauen.

»Das kann leicht vorkommen. Das hier« — er zeigte auf die Tür hinter mir —, »ist Mutters Museum. Sie sammelt Antiquitäten. Gewöhnlich ist es verschlossen.«

»Es tut mir leid.«

»Sie brauchen sich nicht zu entschuldigen. Es ist nicht Ihre Schuld. Ein Fremder kann sich leicht hier im Schloß verirren.«

»Ja, aber ich glaube, ich weiß nun den Weg«, versuchte ich so ruhig wie möglich zu sagen. Er trat jedoch nicht zur Seite, um mich vorbeizulassen. »Wenn Sie mir bitte den Weg freigeben wollen . . .«

»Ja, natürlich. Das war sehr unhöflich von mir.« Er trat zurück, und ich ging auf die Treppe zu.

»Mrs. Waverly...«
»Ja?«

Er stand plötzlich neben mir. »Bitte denken Sie nicht schlecht von mir...«

Was meinte er wohl damit? »Nein...nein...ich...«

»Ich werde mein Versprechen halten.« Er verschlang mich mit seinen Blicken. »Aber wenn dies vorüber ist, vielleicht...«

»Wenn was vorüber ist?« fragte ich erschreckt.

Er mußte ein Geräusch von unten gehört haben, denn er erwiderte mit kühler, förmlicher Stimme: »Ach, nichts, überhaupt nichts.« Er verbeugte sich knapp und verschwand.

Als ich mein Zimmer schließlich erreichte, klopfte mein Herz immer noch wild. Sie waren alle so merkwürdig, und ihre Blicke und Worte schienen recht zweideutig zu sein. Ich hatte das Gefühl, daß ich nicht von London nach Cornwall gereist war, sondern in ein fremdes Land, wo nur Dunkelheit herrschte.

Zum tausendsten Male wünschte ich, daß Adam noch leben würde. Gemeinsam hätten wir der ganzen Welt getrotzt. Aber es hatte nicht so sein sollen. Seufzend begann ich, die Nadeln aus meinem Haar zu lösen. Es hatte keinen Sinn, der Vergangenheit nachzuhängen. Ich schüttelte mein Haar und wollte es gerade bürsten, als ich plötzlich das runde, bleiche Gesicht von Aubrey im Spiegel erblickte.

Ich wandte mich um. »Was machst du denn hier?« Er mußte schon in dem Zimmer gewesen sein, bevor ich hereingekommen war.

»Ich konnte nicht schlafen und wollte Sie sehen.«

»Mich sehen? Beim Abendessen hast du mich doch lange genug betrachtet.«

»Großmama sagt, daß wir großes Glück haben, daß Sie bei uns sind.«

»Das ist sehr freundlich von ihr.«

Er sah mich nachdenklich an. »Sie sind viel hübscher als die andere.«

»Die andere? Was willst du damit sagen?«

»Die andere Sekretärin von Großmama, Miß Tomkins.

Sie schielte auf einem Auge und hatte große, große Zähne.«

Also war Miß Tomkins meine Vorgängerin gewesen. »Ich finde, man kann nichts dafür, wie man aussieht. Sie war sicher ein sehr netter Mensch.«

»Nett?« Er runzelte die Stirn. »Sie weinte sehr viel.«

»Vielleicht hatte sie Heimweh«, sagte ich. Das konnte ich ihr sehr gut nachfühlen.

»Sie ist gestorben«, meinte er.

Erschrocken fuhr ich auf. »War sie krank?«

»Das weiß ich nicht«, erwiderte er. »Sie wurde in dem Graben neben dem Ring beerdigt.«

»Wo?«

»Es gibt hier in Awen eine Wiese mit einem Ring aus heiligen Steinen. Ich hörte, wie Papa sagte, daß man sie im Dorf nicht haben wollte.«

»Sie hat kein christliches Begräbnis bekommen?« fragte ich, denn ich war nach meinem anfänglichen Schrecken nun doch neugierig geworden.

»Ich weiß nicht...«

Die Tür öffnete sich, und Constance Igraine kam herein. Ihr Gesicht war leichenblaß, und Angst stand in ihren Augen. »Aubrey, Liebling, was machst du hier?«

»Ich konnte nicht schlafen. Ich wollte mit Mrs. Waverly sprechen.«

Ich stand auf. »Es tut mir leid, Mrs. Igraine. Ich hätte ihn sofort in sein Zimmer zurückschicken sollen.«

Sie sah mich nicht an. »Bitte sei lieb und komm mit«, bat sie mit weinerlicher Stimme.

»Aber ich möchte doch mit Mrs. Waverly sprechen.« Er zog einen Schmollmund.

Es war nicht schwer zu erkennen, wer hier die Oberhand hatte. »Du mußt jetzt gehen, Aubrey«, drängte ich. »Wir können uns morgen wieder sehen.«

Er blickte mich einen Moment lang forschend an. »Also gut.« Er ging seiner Mutter voraus zur Tür, und ich folgte ihnen.

»Mrs. Igraine...« Sie wandte sich um. »Bitte verzeihen Sie mir.«

»Ja, ja«, antwortete sie rasch. Sie öffnete die Tür und

schaute auf den Korridor hinaus, als ob sie Angst hätte, gesehen zu werden.

»Ich hoffe, daß wir Freunde sein können«, sagte ich.

Sie bedachte mich mit einem mißtrauischen Blick. »Ja, ja natürlich.«

»Da das Schloß nun meine neue Heimat ist, möchte ich mich mit allen hier gut verstehen«, fuhr ich fort. Sie gab keine Antwort. »Ich möchte Ihre häusliche Harmonie nicht stören.«

»Ja.«

Aubrey meldete sich wieder zu Wort. »Woran ist Ihr Mann gestorben, Mrs. Waverly?«

»Er ertrank im Meer.«

»Nicht wie Miß Tomkins, Mama«, sagte er und sah zu seiner Mutter auf.

»Nein«, entgegnete sie, und ein wachsamer Ausdruck trat in ihre Augen. »Komm jetzt.«

»Mrs. Igraine, ich hoffe, Sie empfinden es nicht als aufdringlich, aber woran ist Miß Tomkins gestorben?«

Constance antwortete nicht, sondern nahm Aubreys Hand und verließ das Zimmer. »Warum sagst du es ihr nicht, Mama?« wollte das Kind wissen. »Du sagtest doch selbst...«

Constance legte ihrem Sohn die Hand vor den Mund. Ihr Gesicht hatte in dem dämmerigen Korridor eine erschreckend grünlichweiße Farbe angenommen. »Wir sprechen nicht von Miß Tomkins, Aubrey. Es ist verboten.«

3

Am nächsten Tag bestand Lady Igraine darauf, daß ich mich von meiner Reise ausruhte, aber am Mittwoch begann ich mit meiner Arbeit in der Bibliothek. Wir saßen uns an einem großen, polierten Tisch gegenüber. Meine Aufgabe bestand darin, von ihr bezeichnete Auszüge aus bestimmten Buchbänden niederzuschreiben; es waren Bücher über alte Religionen, über Philosophie und Geschichte. Ich achtete kaum auf das, was ich schrieb, aber ich hätte besser daran getan, meiner Arbeit mehr Aufmerksamkeit zu schenken, denn in diesen langen, ausführlichen Auszügen lag ein Hinweis, eine versteckte Warnung vor dem, was auf mich zukommen würde. Es sollte noch die Zeit kommen, wo ich in fieberhafter Eile und Angst ein bestimmtes Buch suchen würde und dann feststellen sollte, daß es auf mysteriöse Weise verschwunden war. Aber in diesen ersten Wochen betrachtete ich meine Arbeit mit ernsthafter Naivität; ich war eingestellt worden, um zu schreiben, nicht um zu lesen oder zu verstehen.

Lady Igraine war weiterhin freundlich und höflich zu mir und lobte meine gute Handschrift sehr. Zweimal jedoch erlebte ich sie ungehalten. Das erstemal geschah es kurz nach meiner Ankunft, als ich sie ganz beiläufig fragte, ob sie mir ihr Museum zeigen würde. Ich spürte sofort, daß ich damit einen wunden Punkt angeschnitten hatte, denn ihr Blick wurde kühl und distanziert.

»Woher wissen Sie von meinem Museum?« verlangte sie mit eisiger Stimme eine Erklärung.

»Nun, in der ersten Nacht irrte ich mich in der Treppe...«

»War es unverschlossen?«

»Ja, Lady Igraine.«

»Und Sie gingen hinein?« Ihre Lippen waren grimmig aufeinandergepreßt.

»Warum ... nein.«

»Es ist ein privates Museum. Dort befinden sich viele wertvolle Gegenstände.«

Ich errötete. Ich sagte ab und zu schon einmal die Unwahrheit, weil ich es für erforderlich hielt, aber ich würde nie auf den Gedanken kommen, zu stehlen. »Ich kann Ihnen versichern, Lady Igraine, daß Ihre Kostbarkeiten ganz sicher sind.«

»Meine liebe Mrs. Waverly«, ihre Stimme klang ein wenig sanfter, und sie schenkte mir ein dünnes Lächeln, »ich wollte nicht Ihre Ehrlichkeit in Frage stellen. Aber manche dieser Gegenstände sind zerbrechlich ... das verstehen Sie sicher.«

Ich murmelte eine Zustimmung, und das Museum kam nie wieder zur Sprache. Ich sollte diesen merkwürdigen

Raum jedoch noch einmal wiedersehen, allerdings nicht auf Lady Igraines Einladung.

Das zweite Thema, mit dem ich Lady Igraines Ärger erregte, war Miß Tomkins. Seitdem der kleine Aubrey mir von meiner Vorgängerin erzählt hatte, die hier im Schloß gestorben war, mußte ich ständig an sie denken. Nachdem Constance sich geweigert hatte, mich über sie aufzuklären, und auch Lady Igraine sie niemals erwähnte, wuchs meine Neugier immer mehr, und eines Tages sprach ich Lady Igraine schließlich darauf an. »Ich habe gehört, daß eine Miß Tomkins Ihre frühere Sekretärin war«, erwähnte ich wie zufällig.

Lady Igraine richtete sich abrupt auf. »Kannten Sie sie?«

»Nein, warum?« Irgend etwas in ihrem Blick warnte mich, daß dies ein heikles Thema war, aber dennoch fuhr ich fort: »Der kleine Aubrey hat sie mir gegenüber erwähnt.«

»Was hat er gesagt?« Sie lehnte sich vor, und ihre Hände umklammerten das Buch, in dem sie gelesen hatte, so fest, daß die weißen Knöchel hervortraten.

»Oh, nichts weiter, nur, daß sie starb.«

Darauf folgte ein langes, bedrücktes Schweigen. Ich spürte, daß Lady Igraine wütend auf mich war.

»Es tut mir leid, wenn ich etwas gesagt habe, das Ihnen mißfallen hat«, sagte ich mit dünner Stimme. »Das habe ich nicht gewollt.«

Sie lehnte sich wieder zurück und schloß die Augen. »Ich muß Sie um Verzeihung bitten«, sagte sie nach einer Weile. »Aber der Tod von Miß Tomkins ging uns allen sehr nahe. Wir wollen nicht darüber sprechen. Sie hatte Schwindsucht, aber sie weigerte sich, einen Arzt kommen zu lassen — bis es zu spät war. Was Aubrey angeht, er ist immerhin erst sechs Jahre alt. Der Tod scheint auf ein Kind eine gewisse Faszination auszuüben. Das ist einer der Gründe, warum wir sie nie erwähnen.«

»Ja, ich verstehe.« Constance hatte recht gehabt: Miß Tomkins war ein verbotenes Thema. In Zukunft mußte ich meine Zunge im Zaum halten, wenn es um Dinge ging, bei denen die Igraines empfindlich reagierten.

Eines Nachmittags, es war der erste sonnige Tag seit

meiner Ankunft, beschloß ich, einen Spaziergang zu machen. Als ich in Hut und Umhang in die große Halle herunterkam, traf ich Lady Igraine.

»Ich kann es nicht erlauben, daß Sie ohne Begleitung fortgehen«, meinte sie. »Sie sind mit der Umgebung hier nicht vertraut und könnten sich sehr leicht verirren.«

»Vielen Dank, Lady Igraine«, erwiderte ich, »aber ich werde nicht weit gehen.« Ich konnte mir nicht vorstellen, wie ich den Weg zum Schloß, das hoch über der Landschaft emporragte, nicht zurückfinden sollte.

»Aber trotzdem kann ich die Verantwortung nicht übernehmen. Es gibt viele gefährliche Stellen an den Klippen, und das Schloßgelände ist ausgedehnter, als Sie denken.«

Ohne einen weiteren Einwand von mir abzuwarten, rief sie den alten Mann, der ständig an der Haustür saß. Tag und Nacht verbrachte er in seinem Stuhl, manchmal vor sich hindösend und manchmal eine Pfeife rauchend. Ein kleiner, zerzauster Hund mit triefenden Augen, der ihm wahrscheinlich Gesellschaft leisten sollte, war an ein Stuhlbein gebunden.

»Lucas«, befahl ihm Lady Igraine, »sag Mrs. Beecham, daß Mrs. Waverly einen Spaziergang machen möchte.«

Ich war enttäuscht. Mrs. Beechams Gesellschaft war mir nicht gerade angenehm. »Ich möchte Mrs. Beecham keine Umstände machen«, wandte ich ein. »Sie hat bestimmt wichtigere Aufgaben.«

»Sie hat sicherlich nichts gegen eine Abwechslung.«

Wenige Minuten später erschien Mrs. Beecham und neigte ihren Kopf leicht in meine Richtung, ohne jedoch ein Wort der Begrüßung hervorzubringen. Nun, ich würde meinen Spaziergang trotzdem genießen und so tun, als wäre sie nicht da.

Das Wetter hatte von meinem Fenster aus viel einladender ausgesehen. Ein eiskalter Wind blies uns entgegen, und die Sonnenstrahlen verbreiteten keine Wärme. »Ich würde vorschlagen«, sagte Mrs. Beecham, »daß Sie Ihren Spaziergang auf den Schloßhof beschränken.«

»Warum?« fragte ich mit unschuldiger Miene. »Gibt es weiter draußen etwa Menschenfresser?«

Mrs. Beecham lachte nicht. »Sie könnten sich bei diesem

kalten Wetter eine Erkältung holen.« Ich bemerkte, daß sie bereits eine rote Nase bekommen hatte und wäre, wenn es sich um jemand anderen gehandelt hätte, sofort umgekehrt. Aber bevor ich mir Gewissensbisse machen konnte, hatten wir den Torbogen schon hinter uns gelassen.

»Ich werde niemandem etwas sagen, wenn Sie zum Haus zurückkehren«, erklärte ich ihr. »Ich werde nicht lange wegbleiben, und kein Mensch wird es erfahren.«

»Sie brauchen sich um mich keine Sorgen zu machen«, entgegnete sie und verzog ihre blauen Lippen. »Ich habe mich an meine Anweisungen zu halten.«

Ihre ironische Art verletzte meinen Stolz. »Sagen Sie mir«, begann ich nach einer Weile, »gibt es noch einen anderen Grund, warum man mir verbietet, alleine spazierenzugehen?«

»Keinen«, erwiderte sie.

»Dann werden Sie mich in Zukunft nicht mehr begleiten müssen, sobald ich mit dem Gelände vertraut bin. Im Augenblick muß eben jeder die Gesellschaft des anderen ertragen.«

Sie gab keine Antwort, aber an dem Blick aus ihren schwarzen Augen erkannte ich, daß ich sie mir zum Feind gemacht hatte.

Wir waren die Auffahrt ein kleines Stück hinuntergegangen, als ich in einen Pfad einbog, der durch ein kleines Nadelwäldchen führte. »Das Gelände wird hier sehr unwegsam«, sagte Mrs. Beecham, »und die Wiesen sind immer noch naß.«

»Ein wenig Nässe macht mir nichts aus«, entgegnete ich.

Sie legte mir die Hand auf den Arm. »Ich würde hier nicht weitergehen«, wiederholte sie. Sie sagte es mit einem warnenden Unterton.

Ich fragte mich, ob es dort wohl etwas gab, von dem Mrs. Beecham mich fernhalten wollte. Trotzig wie ein ungehorsames Kind schüttelte ich Mrs. Beechams Hand ab und lief den Pfad entlang.

Mrs. Beecham folgte mir weiterhin hartnäckig, als ich nach wenigen Minuten auf ein freies Feld hinaustrat. Ich raffte meine Röcke hoch und ging darauf zu. Der Boden war tatsächlich sehr feucht, aber ich versuchte zu ignorieren, daß meine Schuhe bereits durchnäßt waren. Der Wind wurde stärker und raschelte in dem abgestorbenen Gras. Zu meiner Rechten erblickte ich ein längliches, steinernes Monument, das spitz wie ein Bleistift in den verhangenen Himmel ragte. Ich ging darauf zu und betrachtete es von allen Seiten. Seltsame Schriftzeichen waren darauf eingraviert. »Wissen Sie, was das ist?« fragte ich.

Mrs. Beecham blickte mich einen Moment lang aus ihren kohlrabenschwarzen Augen an. »Es ist ein Dolmen, es bezeichnet eine altertümliche Grabstätte.«

Ich wandte mich von ihr ab und war beinahe in der Mitte des Feldes angelangt, als eine plötzliche, unerklärliche Furcht mich ergriff; mein Herz klopfte wie rasend.

Eine Wolke verdunkelte die Sonne, Wind kam auf und zerrte an meinem Umhang, peitschte mir ins Gesicht und dröhnte in meinen Ohren wie ein unheimlicher Schrei. Gegen den rasenden Wind ankämpfend, wandte ich mich am ganzen Körper zitternd um. Mrs. Beecham schien in weite Ferne gerückt zu sein. Sie stand immer noch neben dem Monument. Ich konnte ihr Gesicht nicht erkennen, aber trotz der großen Entfernung zwischen uns fühlte ich ihre gierigen Augen auf mich gerichtet. Sie lächelte boshaft.

Ich bewegte die Lippen, konnte jedoch keinen Ton hervorbringen. Der Wind wurde noch stärker. All meine Sinne wehrten sich verzweifelt gegen die Furcht, die Panik und den Wunsch, schreiend mit dem Wind davonzulaufen. Ich versuchte, meinen Blick auf etwas Bestimmtes zu fixieren — die Steine. Meine entsetzten Augen wanderten von einem zum anderen, und in lähmender Angst mußte ich feststellen, daß sie einen perfekten Kreis um mich bildeten. ›Es gibt eine Wiese‹, hatte der kleine Aubrey gesagt, ›mit einem Ring von heiligen Steinen ...‹ Nein, es waren ganz normale Steine, nur Steine. Und doch schienen sie in dem wechselvollen, dämmerigen Licht wie die mythischen Ungeheuer zu sein, über die ich vorhin gescherzt hatte: riesig, bedrohlich, der eine mit einem schiefen Kopf, ein anderer mit einer langen, schnabelähnlichen Nase, und wieder ein anderer mit hervorstehenden, teuflischen Augen.

Der eine Teil in mir wiederholte immer wieder, es sind nur große Steine. Aber der andere Teil, der drohte, mich in den Wahnsinn zu treiben, sagte, sie sind böse. Du hast eine verbotene Grenze überschritten. Es gab hier etwas, das so alt war wie die Zeit, etwas, das mich nicht loslassen wollte. Ich war hier eingedrungen, und nun mußte ich dafür bezahlen — mit meinem Leben. Die Steine bewegten sich jetzt auf mich zu, langsam und unerbittlich schlossen sie allmählich den Ring. Im nächsten Augenblick würden sie mich mit ihrem gewaltigen Gewicht erdrücken.

Ich riß meinen Blick von den Steinen los und sah Mrs. Beecham an. Ihr Gesicht war verschwommen wie im Nebel. Aber ihre Augen lächelten noch immer, ein kaltes, triumphierendes Lächeln.

»Helfen Sie mir«, hörte ich mich heiser flüstern.

Sie rührte sich nicht.

Ich schloß die Augen, und meine steifen Lippen formten ein Gebet, Vater unser, im Himmel, geheiligt werde Dein Name ... Allmählich spürte ich, wie der Druck nachließ und der Wind schwächer wurde. Ich öffnete die Augen. Die Sonne schien; eine leichte Brise umspielte meine Röcke.

Mrs. Beecham kam auf mich zu. Sie lächelte jetzt nicht mehr. »Sollen wir nun gehen?« fragte sie.

Zitternd folgte ich ihr weg von diesem fürchterlichen Ort, sanft wie ein Lamm.

Erst als wir den Hof erreicht hatten und die Treppe hinaufstiegen, fand ich meine Stimme wieder. »Was ist das für ein Feld ... diese Steine?«

»Nur was Sie gesehen haben«, erwiderte sie. »Ein Feld mit Steinen.«

»Aber irgend etwas war dort. Ich spürte es in der Luft. Als ob diese Felsblöcke einem bestimmten Zweck dienten und als ob sie mich bestrafen ... vernichten wollten.«

»Meine liebe Mrs. Waverly«, sagte sie, jedes Wort betonend, »wenn Sie ein schlechtes Gewissen haben, machen Sie bitte nicht die Felder von Awen dafür verantwortlich.«

Ich verstand sehr gut, was sie damit sagen wollte, nämlich, daß sie erraten hatte, daß ich ein uneheliches Kind erwartete. Daß ich gesündigt hatte. Schweigend gingen wir ins Haus.

Ich war noch nicht ganz vierzehn Tage auf Schloß Awen,

als wir Besuch bekamen. Er kam unangemeldet in den Salon, wo wir beim Tee zusammensaßen.

Er war ein großer, dunkelhaariger, gut aussehender Mann von etwa vierzig Jahren, und sein Name war Edward Trelwyn. Er war mir sofort sympathisch mit seinem offenen, warmen, beinahe fröhlichen Wesen, das so im Gegensatz zu der farblosen Nüchternheit der Igraines stand. Als wir einander vorgestellt wurden, nahm er meine Hand und hielt sie einen Moment lang fest. »Lady Igraine darf sich glücklich schätzen«, sagte er mit bewunderndem Blick.

»Leisten Sie uns doch Gesellschaft«, lud Lady Igraine ihn ein und reichte ihm eine Tasse Tee.

Er nahm neben ihr auf dem Sofa Platz. »Wir haben Sie vermißt«, sagte sie mit einem warmen Lächeln.

»Ah — es freut mich, das zu hören.«

Lady Igraine wandte sich an mich. »Mr. Trelwyn ist unser Nachbar. Vielleicht haben Sie sein Gutshaus auf dem Weg hierher gesehen.«

»Leider nein«, mußte ich zugeben. »Ich habe nämlich geschlafen.«

Edward Trelwyn lachte. Es war ein fröhliches, herzliches Lachen, und ich hatte das Gefühl, daß er nicht über mich, sondern mit mir lachte.

»Niemand kann es Ihnen übelnehmen, während einer solch eintönigen Fahrt zu schlafen«, sagte er.

»Wie steht es mit Ihren Geschäften?« fragte Stuart.

»Unglücklicherweise nicht sehr gut.«

»Wollte man Ihnen kein Darlehen gewähren?«

»Leider nein. Zwei Jahre schlechte Ernten, und die Schafe werden von der Seuche hingerafft.« Er schüttelte den Kopf. »Jedenfalls war ihnen das Risiko zu groß. Ich bin nur ein einfacher Landwirt, und mein Glück hängt von den Launen des Wetters, der Götter und was auch immer ab. Aber vielleicht wird es im nächsten Jahr besser.«

»Sie untertreiben sehr, Edward, wenn Sie sich nur einen einfachen Landwirt nennen«, sagte Lady Igraine. »Sie sind viel, viel mehr. Sie stammen aus einer adligen Familie, und Ihr Besitz könnte den Neid eines jeden Gutsbesitzers erregen.«

Ich erkannte, daß sie vor Edward Trelwyn Respekt hatte. Mehr noch, sie sah zu ihm auf, als wäre er ihr weitaus überlegen. Es überraschte mich. Ich war der Meinung gewesen, daß Lady Igraine zu niemandem aufsah.

»Sie schmeicheln mir zu sehr«, sagte Edward Trelwyn, »aber heute nehme ich es an.« Dann wandte er sich wieder mir zu. »Ich weiß nicht, was ich ohne die Igraines anfangen sollte. Seit dem Tod meiner Frau sind sie meine Familie.«

»Unsere Freundschaft besteht jedoch schon sehr viel länger«, erinnerte ihn Lady Igraine.

»Ja, das ist wahr.«

Edward Trelwyn bezog mich in die nun folgende Unterhaltung mit ein und schien ehrliches Interesse daran zu zeigen, was ich zu sagen hatte. Er blieb eine knappe Stunde, und als er versprach, am nächsten Abend zum Essen zu kommen, war ich so glücklich, wie ich es bisher auf Schloß Awen noch nie gewesen war. Bevor ich Mr. Trelwyn kennengelernt hatte, war mir nicht bewußt gewesen, wie sehr ich von der Außenwelt abgeschlossen war — und wie sehr ich sie vermißte.

4

Wochen vergingen, und außer Mr. Trelwyns gelegentlichen Besuchen verlief jeder Tag wie der andere, bis ich eines Morgens die Treppe herunterkam und sah, wie die Dienstboten die Halle mit Tannenzweigen, Stechpalmen und Mistelzweigen schmückten. Da erinnerte ich mich plötzlich, daß in einer Woche Weihnachten war.

Lady Igraine erwartete mich in der Bibliothek. Nachdem sie mir die Auszüge bezeichnet hatte, die ich abschreiben sollte, entschuldigte sie sich und ließ mich mit meiner Arbeit allein. Ich hatte eine halbe Stunde geschrieben, als ich ein zögerndes Klopfen an der Tür vernahm.

»Herein.«

Es war Bridget, das junge Dienstmädchen, das mit uns aus London gekommen war. »Madam, kann ich Sie einen Augenblick sprechen?« fragte sie schüchtern.

»Selbstverständlich«, erwiderte ich. »Was kann ich für dich tun?«

Sie antwortete nicht gleich, sondern sah sich erst vorsichtig um, bevor sie die Tür schloß und langsam auf mich zukam. »Ich wollte Sie allein sprechen«, sagte sie leise.

»Ich bin allein.«

Sie stand mit gesenktem Blick vor mir und vergrub die Hände in ihrer Schürze.

»Was ist denn, Bridget? Was bedrückt dich?« fragte ich sanft.

»Madam ... ich möchte fort von hier.« Ihre Augen füllten sich mit Tränen. »Ich möchte nach Hause.«

»Hast du es Mrs. Beecham gesagt?«

»Ja, Madam. Sie wollte mich nicht anhören. Sie sagte, ich muß bleiben.«

»Du mußt bleiben? Du bist doch keine Sklavin. Sie kann dich nicht gegen deinen Willen festhalten.«

»Als sie mich einstellte, mußte ich mich für zwei Jahre verpflichten. Mrs. Beecham nannte es einen Vertrag. Sie sagt, ich muß mich daran halten und sie läßt mich nicht gehen.«

»Ich verstehe. Bist du denn so unglücklich hier?«

»Ja, Madam.« Sie schlug die Schürze über ihr Gesicht und schluchzte.

Ich stand auf und legte meinen Arm um sie. Das Schluchzen wurde stärker. »Aber Bridget, so schlimm kann es doch nicht sein«, versuchte ich sie zu trösten. »Du hast im Moment nur etwas Heimweh ...«

»Nein, Madam.« Sie schüttelte heftig den Kopf. »Ich habe kein Zuhause. Das ist es nicht.«

»Sind sie unfreundlich zu dir? Lassen sie dich zu viel arbeiten?«

»Nein, Madam.«

»Was ist es dann?«

»Bitte, Madam, ich kann es nicht sagen. Ich habe Angst. Ich will nach London zurück.«

»Wovor fürchtest du dich?«

»Ich ... der junge Herr.«

»Mr. Igraine?«

Sie nickte. Mehr brauchte sie nicht zu äußern. Es stand in ihren geröteten, geschwollenen Augen geschrieben. »War er aufdringlich zu dir?«

Wieder nickte sie.

»Ich werde mit ihm sprechen.« Aber bei dem Gedanken, wie diese Unterhaltung ausfallen würde, verbesserte ich mich, ». . . mit Lady Igraine.«

»Nein, Madam«, wandte sie erregt ein. »Wenn Sie mir nur helfen würden zu fliehen!«

»Das kann ich unmöglich tun. Laß mich mit Lady Igraine sprechen. Ich werde es ihr erklären.«

»Madam . . . verzeihen Sie mir, aber sie sind alle so sonderbar.« Sie biß sich auf die Lippe.

Im stillen gab ich ihr recht. Aber ich sagte nur: »Ich werde mit Lady Igraine sprechen. Sie wird es verstehen.«

Lady Igraine zeigte jedoch keinerlei Verständnis. Sie war wütend, nicht auf mich, sondern auf Bridget. »Ein kleines Ding aus der Gosse von London. Und sie wagt es . . . Kritik zu üben. Sie sollte sich geehrt fühlen, hier in Awen beschäftigt zu sein.«

Ich hatte ihr nicht Bridgets wirklichen Grund genannt, weshalb sie Awen verlassen wollte; es war mir zu peinlich. Ich hatte nur gesagt, daß sie unglücklich sei.

»Ich glaube, sie fühlt sich zu einsam hier«, meinte ich.

»Einsam? Das wußte sie, bevor sie hierherkam. Mrs. Beecham macht keine falschen Angaben.« Ich hätte ihr gerne gesagt, daß Mrs. Beecham eigentlich gar keine Angaben gemacht hatte.

»Sie sagt, daß sie Angst hat.«

Lady Igraines Augen wurden schmal. Ihr Blick ließ mich erschauern. »Sie hat Angst? Sagen Sie mir bitte, wovor sie sich fürchtet.«

»Sie sagt, daß Mr. Igraine aufdringlich war . . .«

Sie unterbrach mich. »Dann ist es ein großes Glück für sie. Die Gunst eines Adligen ist eine große Ehre.«

Ich konnte sie nur höchst erstaunt anstarren. Wir lebten doch nicht mehr in einem Feudalstaat, in dem das *droit de seigneur* — das Recht des Hausherrn auf die ihm untergebenen Frauen — herrschte, sondern in der Mitte des neunzehnten Jahrhunderts. Ich war froh, ihr nichts von Stuart Igraines Annäherungsversuch mir gegenüber erwähnt zu haben. »Lady Igraine . . .«, begann ich, als ich meine Stimme wiederfand.

»Wir wollen nicht mehr darüber sprechen«, wehrte sie ab. »Sie haben ein gutes Herz, Mrs. Waverly, aber Sie müssen daran denken, daß sie nur ein niederes Dienstmädchen ist und als solches lernen muß, ihr Los ohne Murren zu ertragen.«

In ihrer feinen, klugen Art hatte Lady Igraine nicht nur Bridget zurechtgewiesen, sondern auch mich. Es kam mir nicht zu, für eine Dienstbotin Partei zu ergreifen; ich durfte den strengen Kodex von Schloß Awen nicht verletzen.

Nachdem dieses Thema beendet war, lächelte Lady Igraine plötzlich. »Nach dem Mittagessen fahre ich ins Dorf hinunter. Hätten Sie Lust, mich zu begleiten?«

Ich brauchte einige Minuten, um diesem raschen Stimmungswechsel zu folgen. »Ja, ich glaube schon.«

Auf dem Weg ins Dorf erklärte mir Lady Igraine, daß diese Fahrt einem Besuch im Laden der Derby-Schwestern galt. Sie waren verarmte Edelfräulein, die gezwungen waren, einen Teil ihres Besitzes zu verkaufen. »Vielleicht finde ich einige Antiquitäten. Und möglicherweise ist auch etwas dabei, das Sie gerne erwerben möchten.«

Lady Igraine hatte mir großzügig einen Teil meines Gehaltes vorgestreckt und ich beschloß, einige kleine Geschenke für das bevorstehende Weihnachtsfest zu kaufen.

»Das Dorf Awen ist ziemlich alt«, sagte Lady Igraine, »und sehr klein.«

Es war tatsächlich sehr klein. Es gab nur eine gepflasterte Straße, ein Wirtshaus, eine Schmiede und ein paar einfache Hütten. An dem einen Ende befand sich die Kapelle und am anderen ein Fachwerkhaus, das Haus der Derby-Schwestern.

Eine kleine Glocke ertönte, als wir in den Hausflur traten. Während Lady Igraine eine Bronzestatue betrachtete, ging ich weiter in den Salon, wo die Damen einen Laden eingerichtet hatten. Die beiden ältlichen Schwestern lächelten mir freundlich zu. »Guten Tag«, sagten sie wie aus einem Munde.

»Ich bin Mrs. Waverly«, stellte ich mich ebenfalls lächelnd vor.

Eine der beiden kam auf mich zu und gab mir die Hand. »Ich bin Miß Derby, und dies ist meine Schwester Eliza.«

»Möchten Sie sich einige unserer hübschen Dinge anschauen?«

»Ja, gerne.«

Ich sah mich um. Der Salon war vollgestopft mit Sofas, Sesseln, Kommoden, und überall stand Porzellan, waren Vasen, Statuen und eine Menge Uhren.

»Sind Sie auf der Durchreise?« fragte Miß Derby.

»Nein, warum. Ich bin ...«

Plötzlich erstarrten die beiden Schwestern. Das Lächeln erstarb auf ihren Lippen, als sie an mir vorbei zur Tür blickten. Ich wandte mich um. Lady Igraine war hereingekommen und warf einen prüfenden Blick durch den Raum. Die ältere der beiden Damen umklammerte den Arm ihrer Schwester; ihre Lippen zitterten. Es war deutlich zu sehen, daß sie sich vor Lady Igraine fürchteten.

»Guten Tag«, sagte Lady Igraine.

Die beiden Schwestern verneigten sich leicht.

»Sie haben sich schon mit meiner Sekretärin, Mrs. Waverly, bekannt gemacht?« fragte Lady Igraine.

Ungläubig und betroffen wanderten die Blicke der beiden alten Damen zu mir, als hätte ich ihnen bewußt etwas verschwiegen.

»Ich bin gekommen, um mich nach der keltischen Statue zu erkundigen«, sagte Lady Igraine.

»Wir haben sie schon lange verkauft«, erwiderte die ältere Schwester und biß sich auf die Lippe. »Der Vikar hat uns einen Preis dafür geboten, den wir nicht ausschlagen konnten.«

Lady Igraine richtete sich zu ihrer vollen Größe auf. »Aber Sie hatten sie mir versprochen.«

»Es tut mir leid, Lady Igraine, aber Sie waren lange nicht hier, und da glaubten wir, Sie wollten sie nicht mehr haben.«

»Wie können Sie es wagen, Überlegungen darüber anzustellen, was ich haben möchte und was nicht.«

Die Schwestern schienen unter Lady Igraines Blick in sich zusammenzusinken. Ich fühlte mich gar nicht wohl in meiner Haut.

»Also haben Sie die Statue dem Vikar verkauft.«

»Wenn Sie vielleicht mit ihm sprechen ...«, schlug die ältere Miß Derby vor.

»Das werde ich ganz gewiß tun.« Lady Igraine wandte sich nun an mich. »Möchten Sie noch etwas kaufen?«

»Ja, ich glaube schon.«

»Nun gut. Ich werde draußen auf Sie warten.« Sie rauschte aus dem Zimmer.

Eliza Derby sank in einen Stuhl. Ihr Gesicht war weiß wie die Wand.

»Vielleicht sollte ich ein andermal zurückkommen«, sagte ich ein wenig zögernd.

»Nein, bleiben Sie doch ruhig«, meinte die ältere der beiden. »Wir haben einige sehr hübsche Porzellanfiguren.«

Schließlich wählte ich eilig ein paar hölzerne Soldaten für Aubrey, einen Gedichtband für Lady Igraine, einen Schal für Constance und eine Pfeife für Stuart, obwohl ich ihn niemals hatte rauchen sehen.

»Wie lange leben Sie schon in Schloß Awen?« fragte Miß Derby, als sie meine Geschenke einpackte.

Ich sagte es ihr.

»Meine Liebe, ich hoffe, Sie nehmen es mir nicht übel, aber ich glaube nicht, daß das Schloß der richtige Ort für Sie ist.«

»Eliza!« rief ihre Schwester aus. Es klang eine Warnung in ihrer Stimme mit. »Du mußt dich nicht in private Angelegenheiten mischen.«

Lady Igraine wartete in der Kutsche auf mich. »Ich hoffe, ich habe Sie nicht zu lange warten lassen«, entschuldigte ich mich.

Sie winkte ab. »Die Derby-Schwestern sind schon etwas senil. Sie haben mir die Statue fest versprochen. Nun — es ist nicht zu ändern.«

Bevor wir unseren Heimweg antraten, machten wir noch bei der Schmiede halt. Während Lady Igraine dem Schmied Anweisungen gab, schaute dieser unruhig hin und her und vermied es, sie anzusehen. Ich hatte das Gefühl, daß dieser Mann — der das krasse Gegenteil zu den schüchternen Derby-Schwestern war — sich ebenfalls vor Lady Igraine fürchtete. Ob sie sich auch einmal mit ihm gestritten hatte?

Als wir durch das Dorf zurückfuhren, vorbei an geschlossenen Fensterläden, hatte ich das untrügliche Gefühl, daß nicht nur die Derby-Schwestern und der Schmied meine blasse, stolze Begleiterin fürchteten, sondern alle Bewohner von Awen. Ich hatte es vorher nicht bemerkt, aber jetzt fiel mir auf, daß die Straße völlig verlassen dalag, nicht einmal ein streunender Hund war zu sehen, und außer den Hufen unserer Pferde und dem Rattern der Räder war kein Laut zu hören. Eine seltsame, unnatürliche Stille lag über den kärglichen, strohbedeckten Dächern, eine Stille wie ein angehaltener Atem.

»Warum sieht man keine Menschen hier?« hörte ich mich selbst murmeln.

»Sie sind bei der Arbeit, meine Liebe«, antwortete Lady Igraine. »Auf den Feldern und in der Bucht, wo sie Fische fangen.«

Diese Erklärung klang recht überzeugend. Doch ich hätte mich wohler gefühlt, hätte ich nur ein Gesicht gesehen, jemanden rufen gehört oder das Schlagen einer Tür vernommen.

Vier Tage vor Weihnachten trafen mehrere Besucher ein. Lady Igraine hatte mich auf die Ankunft ihres ältesten Sohnes mit seiner Frau und den drei Töchtern vorbereitet, aber ich hatte nicht so viele andere Gäste erwartet. Als ich zur Teezeit das Wohnzimmer betrat, wurde es plötzlich ganz still in dem Raum, und alle Augen waren auf mich gerichtet. Ihre Neugier erschreckte mich, und ich blieb sprachlos stehen, bis Lady Igraine auf mich zukam und meinen Arm ergriff.

»Das ist unsere Mrs. Waverly«, sagte sie besitzergreifend. Sie führte mich durch den Raum und stellte mich jedem einzelnen vor.

An die meisten Namen und Gesichter kann ich mich nicht erinnern, nur an Lord Igraine, der seiner Mutter sehr ähnlich sah, und an seine Frau, mit dunklen, buschigen Augenbrauen über einer großen, ausgeprägten Nase. Ein Dr. Crammer war da, klein und dick, mit einem riesigen Bauch, und eine Lady Pond, die vorstehende Zähne hatte und ein abwesendes Lächeln zur Schau trug. Sie redeten alle ununterbrochen. Ich hatte gehofft, Edward Trelwyn würde anwesend sein, denn nach den ersten Begrüßungsworten beachtete man mich nicht weiter. Aber er kam nicht, und ich langweilte mich schrecklich. Ich wußte nicht, wie ich das Abendessen und den bevorstehenden langen Abend überstehen sollte.

Lady Igraine kam mir jedoch zu Hilfe. »Meine Liebe, Sie sehen müde aus. Sie können sich gerne zurückziehen.«

»Vielen Dank«, erwiderte ich. »Ich habe leichte Kopfschmerzen.«

»Ich werde Ihnen das Essen auf Ihr Zimmer bringen lassen.«

Wieder trat Stille ein, als ich mich verabschiedete, und dann flüchtete ich in mein Zimmer.

Gegen sieben Uhr vernahm ich ein Klopfen an der Tür. Auf mein »Herein« erschien zu meiner großen Überraschung Mrs. Beecham. Sie trug ein Tablett. »Hier ist Ihr Abendessen«, sagte sie.

Sie stellte das Tablett auf den Nachttisch. »Ich habe Ihnen auch einen heißen Kräutersaft mitgebracht«, meinte sie. »Er wird Ihre Kopfschmerzen lindern und Sie gut schlafen lassen. Lady Igraine trinkt ihn oft selbst, wenn sie übermüdet ist, und sie empfiehlt Ihnen sehr, ihn zu trinken.«

»Das ist sehr freundlich von ihr.«

Ich dachte, sie würde jetzt gehen, aber sie rührte sich nicht von der Stelle und beobachtete mich mit ihren kohlrabenschwarzen Augen, während ich die Schüsseln aufdeckte.

»Spüren Sie, wie sich das Kind in Ihnen bewegt?« fragte sie.

Ich errötete. »Ja, ja«, erwiderte ich und wandte meinen Blick nicht von dem Essen.

»Gut, gut. Wir möchten, daß es ein gesundes Kind wird.«

Ich sah auf und fragte mich, warum ihr das wichtig erschien.

»Die Entbindung wird dadurch sehr viel leichter für Sie.«

»Daran hatte ich nicht gedacht«, murmelte ich. In Wirklichkeit hatte ich noch gar nicht über die Geburt des Kindes nachgedacht, aber jetzt wurde mir plötzlich bewußt, daß es bald soweit sein würde. Und wenn die Zeit gekommen war, würden ich und mein Kind Mrs. Beecham ausgeliefert sein. Es war ein entsetzlicher Gedanke.

»Trinken Sie auf jeden Fall den Kräutersaft«, ermahnte sie mich, während sie zur Tür ging. »Er wird Ihnen sicher guttun.«

Ich stocherte ein wenig in dem Essen herum, und nachdem das Tablett von einem mir bisher unbekannten Dienstmädchen abgeholt worden war, ging ich zu Bett.

Ich weiß nicht, wie lange ich geschlafen hatte, aber als ich aufwachte, sah ich, im Schein des Mondlichtes, den Becher mit dem Kräutersaft auf dem Nachttisch stehen. Ich hatte vergessen, ihn zu trinken. Ich streckte meine Hand danach aus, als plötzlich die tiefe, nächtliche Stille von Gesang unterbrochen wurde. Es war die tiefe Baritonstimme eines Mannes. Sie war wunderschön, aber sein Lied war ein merkwürdiger, unmelodischer Singsang, der nur aus zwei Tönen bestand, die ständig wiederholt wurden. Diese Töne, die in einer fremden Sprache gesungen wurden, hallten an- und abschwellend durch das Schloß, wie die Wellen des Meeres.

Dann war neben der Stimme des Mannes der Gesang vieler Stimmen zu hören. Ich stellte mir vor, unter dem Gewölbe einer riesigen Kathedrale mit bunten Glasfenstern und marmornen Engeln zu stehen. Aber dies war keine Kirchenmusik. Sie ist heidnisch, warnte mich eine innere Stimme. Und doch lag etwas in diesem Gesang, das mich halb aus Furcht, halb aus Verzauberung aus dem Bett zog. Das Singen wurde immer lauter, es erfüllte den Raum, meine Ohren, meine Sinne.

Ganz plötzlich und abrupt hörte der Gesang auf. Es war mir, als hätte mir eine riesige Hand ins Gesicht geschlagen.

Verwirrt und halb betäubt sah ich mich um. Ich stand auf der Treppe. Wie war das geschehen? Ich konnte mich nicht erinnern, mein Zimmer verlassen zu haben. Ich spürte, daß ich schwankte und ergriff das Geländer, um nicht zu fallen.

»Mrs. Waverly.«

Ich blickte hinunter. Eine Frau stand unten an der Treppe mit einer Lampe in der Hand. Das Licht fiel auf ihr Gesicht und verzerrte ihre Züge. Entsetzen packte mich, und ich klammerte mich noch fester an das Geländer.

»Was tun Sie zu dieser Stunde auf der Treppe?«

Es war Mrs. Beecham. Ich hatte sie nicht erkannt, und einen Moment lang versagte mir die Stimme.

»Sind Sie krank?« fragte sie und kam die Stufen herauf.

»Nein ... nein. Ich ... habe Stimmen gehört.« Sie stand nun neben mir und sah mich durchdringend an. Wie ich diese Augen haßte! »Haben Sie sie nicht gehört?«

»Stimmen?« Sie zog die Augenbrauen hoch. »Ich habe nichts gehört.«

»Sie haben gesungen ... etwas, das ich nicht verstehen konnte. Sie waren sehr laut. Sie müssen sie bestimmt gehört haben.«

Ihr mitleidiger Blick ängstigte mich mehr als ihr Gesicht, das ich kurz zuvor gesehen hatte. »Da waren keine Stimmen, Mrs. Waverly. Das weiß ich ganz genau. Sie haben geträumt — ein Aptraum.«

»Nein, das stimmt nicht, ich war hellwach. Zuerst sang ein Mann alleine, und dann ... viele Stimmen.«

Sie schüttelte traurig den Kopf. »Wer sollte mitten in der Nacht singen? Alle sind längst zu Bett gegangen. Ich fürchte, es ist Ihr Zustand. Kommen Sie.« Sie legte mir die Hand auf den Arm. Ich mußte mich sehr zusammennehmen, sie nicht zurückzustoßen.

Als wir mein Zimmer erreicht hatten, fragte sie: »Haben Sie den Kräutersaft getrunken?«

»Nein, ich habe es vergessen.«

»Dann ist es ja kein Wunder.«

Ich verstand nicht, was sie damit sagen wollte. Was hatte der Kräutersaft damit zu tun, daß ich von Stimmen geträumt hatte?

Sie reichte mir den Becher. »Sie sollten ihn jetzt aber trinken. Die Nacht ist noch lang.«

Unter ihrem wachsamen Blick trank ich ihn in einem Zug aus. Er schmeckte etwas bitter, aber nicht unangenehm.

Nachdem sie mich verlassen hatte, trat ich ans Fenster, denn ich war jetzt wacher als zuvor. Mein Blick wanderte hinab, und ich sah plötzlich an der Hausecke eine Gestalt in einem weißen Kapuzengewand auftauchen. Ich stellte mich auf Zehenspitzen, um besser sehen zu können, aber der Mond versteckte sich gerade in diesem Augenblick hinter einer Wolke. Als er wieder hervorkam, sah ich ein, daß ich mich getäuscht haben mußte. Was ich als vermummte Gestalt angesehen hatte, war in Wirklichkeit ein hoher Strauch, der sich im Nachtwind hin und her bewegte.

Als ich ins Bett schlüpfte, sagte ich mir, daß Mrs. Beecham vielleicht doch recht hatte. Ich hatte diese Stimmen und den Gesang nur geträumt. Ich wollte es glauben. Ich versuchte es. Aber warum war mir alles so wirklich vorgekommen? Und was hatte Mrs. Beecham voll angekleidet unten an der Treppe zu suchen, wenn alle, wie sie selbst gesagt hatte, schon lange zu Bett gegangen waren?

5

Die Gäste reisten am nächsten Nachmittag wieder ab, und so wäre Weihnachten für mich ein sehr nüchternes Fest gewesen, wenn nicht Edward Trelwyn bei uns gewesen wäre.

Um neun Uhr tauschten wir unsere Geschenke aus. Ich war etwas verlegen, als Mr. Trelwyn mir einen smaragdgrünen Schal mit seidenen Fransen schenkte. »Ich dachte, Sie würden sich darüber freuen«, meinte er lächelnd. »Probieren Sie ihn doch einmal an.«

Ich legte ihn um die Schultern. »Wie gut er zu Ihrem Haar paßt!« rief Mr. Trelwyn aus.

»Ja, tatsächlich«, sagte Lady Igraine in kühlem und abweisendem Ton. Ich spürte, wie sehr ihr dies mißfiel.

»Ich danke Ihnen sehr«, sagte ich und legte den Schal ab. »Es ist sehr freundlich von Ihnen, Mr. Trelwyn, aber ich glaube, es schickt sich nicht...«

»Unsinn!« unterbrach er mich. »Es ist Weihnachten.« Er lächelte mir zu, ein warmes, väterliches Lächeln.

Am nächsten Tag waren die Igraines und ich in Mr. Trelwyns Haus eingeladen.

Als wir vorfuhren, kam Edward Trelwyn gerade die breite Steintreppe herunter. »Ich bin gerade auf dem Weg, mir die neue Zuchtstute anzusehen, die ich gekauft habe«, sagte er, nachdem er uns freundlich begrüßt hatte.

»Wir begleiten Sie gerne«, meinte Lady Igraine.

Er führte uns hinter das Haus zu den Stallungen, und die anderen zeigten großes Interesse an der Stute und den übrigen Pferden. Mich langweilten ihre Fachgespräche schon bald, und ich wanderte ziellos den düsteren Gang des Stalles entlang.

Plötzlich erhob sich ein Mann hinter einer der leeren Boxen. Sein unerwartetes Auftauchen erschreckte mich, und ich wich einen Schritt zurück. Sein Gesicht lag im Schatten, und ich konnte nur sein langes, struppiges Haar, einen buschigen Bart und wild funkelnde Augen erkennen.

»Guten Tag«, sagte ich höflich.

Er antwortete nicht, sondern starrte mich nur an. Seltsamerweise hatte ich keine Angst vor ihm, obwohl ich mich etwas unbehaglich fühlte. Es schien mir, als würde er einen verzweifelten, schmerzlichen Kampf mit sich austragen.

»Sind Sie hier angestellt?« fragte ich ihn.

Wieder gab er keine Antwort. Aber er streckte seine Hand nach mir aus. Ich trat einen weiteren Schritt zurück, und seine Hand begann zu zittern.

In diesem Augenblick trat Mr. Trelwyn auf mich zu. »Da sind Sie also«, sagte er und nahm meinen Arm.

Wir schritten den Gang zurück. »Dieser Mann«, begann ich zögernd, »der Mann dort im Stall, ist er bei Ihnen angestellt?«

»Ja. Das ist Silchester. Einer meiner Stallburschen. Hat er Sie erschreckt?«

»Nein, eigentlich nicht. Ist er stumm?«

»Er spricht nur wenig. Der arme Teufel hatte vor einigen Monaten einen Unfall. Er wurde von einem Pferd getreten, und seitdem sind seine Sinne etwas verwirrt. Aber er ist ganz harmlos.«

Auf dem Weg zum Haus blieben Mr. Trelwyn und ich hinter den anderen zurück. »Behandeln die Igraines Sie gut?« wollte er wissen.

Ich war sehr überrascht über seine direkte Frage und blickte ihn nur fragend an. Er seufzte. »Bitte verzeihen Sie meine Offenheit, aber ich frage nur, weil Sie manchmal so traurig sind.«

»Ich hatte keine Ahnung...«

»Ich weiß, daß Sie um einen geliebten Menschen trauern...« Er hielt inne, und ich machte mich auf die unvermeidliche Frage gefaßt. Es würde mir schwerfallen, diesen freundlichen, warmherzigen Mann anzulügen.

Aber glücklicherweise stellte er keine Fragen. »Ich kenne die Igraines«, fuhr er fort. »Sie können nichts dafür, daß sie so kühl und reserviert sind. Es ist ihre Natur. Aber es muß schwierig für Sie sein.«

Ich wandte mich ab, denn ich hätte am liebsten geweint. Wie sehr wünschte ich mir jemanden, dem ich mich anvertrauen konnte, und Edward Trelwyn war so ehrlich und sympathisch. Er war für mich eher wie ein älterer Bruder und nicht wie ein Fremder. Es wäre eine große Erleichterung für mich gewesen, ihm all meine kleinen Sorgen mitzuteilen. Aber er war ein guter Freund der Igraines, und ich wollte ihn nicht in eine unangenehme Lage bringen.

»Sie sind ein wenig...«, ich suchte nach einem passenden Wort, »... abweisend.«

Wir gingen eine Weile schweigend nebeneinander her. »Mrs. Waverly«, sagte Edward Trelwyn, »bitte denken Sie immer daran, daß Sie jederzeit zu mir kommen können, wenn Sie Hilfe brauchen.«

»Sie wissen gar nicht, wie dankbar ich Ihnen bin.«

»Bitte, bedanken Sie sich nicht«, wehrte er ab. »Es ist mir ein Vergnügen.«

Wir hatten fast das Haus erreicht, wo die anderen schon auf uns warteten, als mir noch etwas einfiel. »Da ist etwas, das ich nicht verstehen kann. Lady Igraine hat mir erzählt, daß Miß Tomkins, ihre frühere Sekretärin, an einer Lungenkrankheit gestorben sei. Aber von Aubrey habe ich gehört, daß man sie nicht im Dorf beerdigen wollte. Ist das wahr?«

Er sah mich lange an. »Sie wissen sicherlich, daß Lady Igraine eine sehr stolze Frau ist. Es war ein schrecklicher Skandal, und sie wollte Ihnen natürlich nicht die Wahrheit sagen.«

»Ein Skandal?«

»Miß Tomkins erwartete ein Kind. Der Mann wollte oder konnte sie nicht heiraten. Ich glaube, sie wartete ziemlich lange, in der Hoffnung, er würde seine Meinung noch ändern. Aber er tat es nicht. Und eines Morgens fand man sie in Lady Igraines Museum...«

»In dem Museum?«

»Sie hatte das eine Ende eines Strickes um einen Balken gelegt, das andere um ihren Hals. Als man sie fand, hing sie da — tot.«

6

Der Tod von Miß Tomkins verfolgte mich. Ihr Leben auf diese Weise beendet zu haben, mit einem Selbstmord — kein Wunder, daß man ihr im Dorf kein christliches Begräbnis gewährt hatte. Aber dennoch konnte ich nicht umhin, die Ähnlichkeit zwischen ihrer und meiner Situation zu erkennen; eine junge, unverheiratete Frau, die Lady Igraines Sekretärin gewesen war und ein Kind erwartete. Umsonst versuchte ich mir einzureden, daß es Unterschiede gab. ›Er wollte sie nicht heiraten‹, hatte Mr. Trelwyn gesagt. In dieser Hinsicht unterschied sich Miß Tomkins' Schicksal von dem meinen. Wäre Adam am Leben geblieben, so wären wir jetzt schon längst verheiratet.

Ich mußte ständig über Miß Tomkins nachdenken. Wer war sie? Welche Gedanken beschäftigten sie, wenn sie aus dem Fenster auf das Meer blickte? Ich fragte mich, im wievielten Monat sie gewesen war. Es schien mir überaus wichtig, alles über sie zu erfahren. Aubrey hatte gesagt, daß sie nicht hübsch gewesen war. Die schlichte Miß Tomkins, ohne Freunde, ohne Familie, sie hatte sich im Museum erhängt.

Der einzige Mensch, den ich über sie befragen konnte, war Edward Trelwyn. Ich wußte, daß er meinen Fragen nicht ausweichen würde. Aber die Igraines waren immer anwesend, wenn er kam, und ich wußte nicht, wie ich es zuwege bringen konnte, mit ihm allein zu sein.

Dann bot sich an einem Sonntag nachmittag unerwartet eine Gelegenheit. Ich hatte mich schon den ganzen Tag gelangweilt und konnte es im Schloß nicht länger aushalten.

In Hut und Umhang ging ich hinunter in die Bibliothek, wo Lady Igraine mit ihren Büchern beschäftigt war. »Ich gehe spazieren«, verkündete ich kühn.

»Constance fühlt sich nicht wohl«, erwiderte sie. »Aber vielleicht kann Mrs. Beecham Sie begleiten.«

»Ich bin nun bereits seit einiger Zeit hier und kenne mich sicher schon gut genug aus.«

»Das mag sein, aber ich kann nicht ...«

In diesem Augenblick betrat Edward Trelwyn, unangemeldet wie immer, die Bibliothek. »Wo gehen Sie denn hin?« fragte er mich lächelnd.

»Spazieren«, erwiderte ich ein wenig kampflustig.

»Ich möchte nicht, daß Mrs. Waverly ohne Begleitung fortgeht. Wir hatten gerade eine kleine Auseinandersetzung darüber«, warf Lady Igraine ein.

»Diese Streitfrage ist schon geklärt«, antwortete Mr. Trelwyn. »Etwas Bewegung kann mir auch nicht schaden. Ich werde Mrs. Waverly begleiten.«

Wir beschlossen, zu den Klippen hinunterzugehen. Nach einer Weile bemerkte Edward Trelwyn: »Sie sind so nachdenklich.«

»Ja ... es gibt da etwas ...«

»Das Sie beunruhigt?«

»Ja.« Ich sah ihn an. »Es ist Miß Tomkins. Ich muß ständig an sie denken.«

Er runzelte die Stirn. »Ich hätte Ihnen nichts erzählen sollen. Aber ich fürchtete, daß Ihnen der Klatsch der Dienstboten zu Ohren kommen könnte.«

»Nein, nein, ich bin Ihnen dafür sehr dankbar. Aber ...«

»Aber was?«

»Können Sie mir nicht mehr über Miß Tomkins erzählen? Woher kam sie, und was für ein Mensch war sie?«

»Ich weiß nur sehr wenig. Sie kam vor etwa einem Jahr aus London.«

»Wie hat sie von der Stelle hier erfahren?«

»Ich glaube, eine Mrs. Jarvis hat sie empfohlen.«

»Mrs. Jarvis?« Ich spürte einen Stich in der Herzgegend. »Sie hat auch mich empfohlen.«

»Das wundert mich nicht. Sie kennt mehr Leute als Mrs.

Beecham, mit der sie schon lange befreundet ist. Außerdem besitzt sie eine gute Menschenkenntnis. Sie selbst sind der Beweis dafür.«

Während wir weitergingen fragte ich: »Hat sie sich Ihnen jemals anvertraut, Ihnen vielleicht gesagt, wer der Mann war?«

»Nein, meine Liebe, das tat sie nicht.«

»Ich weiß, Sie können nicht verstehen, warum ich all diese Fragen stelle«, fuhr ich fort. »Zweifellos denken Sie, daß ich schrecklich neugierig bin. Aber ich versichere Ihnen, daß das nicht stimmt. Ich bin nur deshalb so sehr an ihr interessiert, weil ihre Situation so viel Ähnlichkeit mit der meinen hat.«

Er sah mich erstaunt an. »Ich verstehe nicht, wie Sie darauf kommen. Sie sind Witwe...«

»Nein. Das bin ich nicht.« Es brach aus mir hervor, meine Wangen glühten, und ich fühlte, daß ich mir damit seine Freundschaft verscherzen würde, aber unter seinem forschenden Blick mußte ich einfach fortfahren. »Mein Name ist nicht Mrs. Waverly. Ich ... wir waren verlobt ... wir wollten heiraten. Er ertrank auf hoher See.« Mehr konnte ich nicht hervorbringen, und ich wandte mein Gesicht ab. Die Tränen, die ich so lange zurückgehalten hatte, rannen mir jetzt unaufhaltsam über die Wangen. Und doch fühlte ich trotz meines Elends eine seltsame Erleichterung. Ich hatte mein Geheimnis so lange mit mir herumgetragen, und nach dieser Beichte, so erniedrigend sie auch war, fühlte ich mich wie geläutert.

»Meine liebe Charlotte, bitte weinen Sie nicht...« Edward Trelwyn berührte flüchtig meine Schulter. Ihm fehlten die Worte, und ich spürte, daß meine Tränen ihm noch peinlicher waren als meine Beichte.

Nachdem ich mich wieder beruhigt hatte, fragte er: »Weiß Lady Igraine darüber Bescheid?«

Ich schüttelte verneinend den Kopf. »Nein. Ich konnte es ihr nicht sagen. Sie würde mich verachten ... wie die anderen.« Ich dachte dabei an meinen Vater. »Ich möchte mich aber nicht schämen. Er ... mein Verlobter war ein guter Mensch ... ein wunderbarer Mann. Er liebte mich, und ich liebte ihn. In meinem Herzen war er — ist er — mein Ehemann. Und das wird er auch immer sein.«

Ich bemerkte, daß meine Worte ihn überraschten. »Sie sind eine sehr mutige, tapfere Frau«, sagte er voll Bewunderung. »Und eines Tages werden Sie über alles hinweggekommen sein. Sie werden einen Mann kennenlernen und ihn heiraten.«

»Niemals.«

Er lächelte. »Aber Sie sind doch noch so jung.«

»Ja, ich bin noch jung. Und ich muß einfach tapfer sein, wegen des Kindes, seines Kindes. Nur daraus schöpfe ich Kraft.«

Er nahm meinen Arm, und wir traten den Rückweg an. »Was Sie mir erzählt haben, bleibt unter uns«, sagte er. »Wir wollen nicht mehr darüber sprechen, und auch nicht von Miß Tomkins.«

»Ich habe nur noch eine letzte Frage an Sie«, erwiderte ich.

Er blieb stehen und sah mich ein wenig mißtrauisch an. »Ich werde sie beantworten, wenn ich kann.«

»Wann ... wann sollte Miß Tomkin's Kind zur Welt kommen?« Bis heute weiß ich nicht, warum ich diese Frage gestellt habe. Vielleicht, weil ich mich immer noch auf geheimnisvolle Weise mit dieser unbekannten Frau verbunden fühlte. Als ich Mr. Trelwyns Antwort hörte, bereute ich jedoch, seinen Rat nicht befolgt zu haben, die Angelegenheit auf sich beruhen zu lassen.

»Nun«, sagte er langsam. »Ich glaube, Mrs. Beecham hat einmal erwähnt, daß die Geburt irgendwann Mitte März sein sollte.«

Nach diesem Sonntag wurde das Wetter wieder naß und kalt, so daß wir alle uns ständig im Haus aufhalten mußten. Ich langweilte mich um so mehr, als Edward Trelwyn uns nicht besuchen konnte, da er sich in Bodwin aufhielt.

Eines Nachts kam Bridget tränenüberströmt in mein Zimmer. »Ich kann es nicht länger ertragen«, schluchzte sie. »Madam, ich muß fort von hier. Sonst werde ich mir etwas antun.«

Ich erschrak zu Tode. Ich sah plötzlich das Bild von Miß

Tomkins vor mir, wie sie an dem Balken hing. Impulsiv umarmte ich das verzweifelte Mädchen. »So etwas darfst du nicht sagen.«

Sie hob ihr gerötetes Gesicht von meiner Schulter. »Sie haben mir meinen Lohn nicht ausgezahlt, weil ich eine Vase zerbrochen habe, und nun habe ich kein Geld. Wenn ... bitte, Madam, wenn Sie mir das Geld für die Postkutsche leihen könnten ...«

»Aber wie willst du die Kutsche erreichen? Im Dorf gibt es keine Poststation.«

»Ich werde schon einen Weg finden.« Sie sah mich flehentlich an.

Ich befand mich nun in einer sehr schwierigen Situation. Wenn ich Bridget unterstützte, würde ich mich gegen Lady Igraine stellen. Das Mädchen hatte zwar einen Zweijahresvertrag unterschrieben, aber wenn ich mich weigern sollte, ihr zu helfen, und sie sich wirklich etwas antat, würde ich mich schuldig fühlen.

»Ich geb dir, soviel ich entbehren kann«, sagte ich schließlich, nachdem ich einen inneren Kampf mit mir ausgefochten hatte.

Sie ergriff meine Hand und küßte sie. »Gott möge es Ihnen lohnen, Madam.«

Ich gab ihr alles, was ich von meinem letzten Gehalt übrig hatte. »Wie willst du durch das Außentor kommen?« fragte ich und dachte an den alten Wächter und seine beiden Hunde.

»Vielleicht gibt es noch einen anderen Weg«, erwiderte sie. Ihre Tränen waren nun versiegt, und sie stand ungeduldig an der Tür.

»Ich weiß, wie es gelingen könnte. Das Wetter wird in ein oder zwei Tagen sicher wieder schön sein. Der Wächter am Tor kennt mich. Ich werde dafür sorgen, daß du mich auf meinem Spaziergang begleitest.« Ich war mir allerdings nicht sicher, wie ich das anstellen sollte.

Nur zögernd willigte Bridget in meinen Vorschlag ein, denn sie hätte das Haus am liebsten sofort verlassen.

Am Mittwoch hörte es auf zu regnen. Glücklicherweise bereitete es keine Schwierigkeiten, Lady Igraines Einwilligung zu erhalten, daß Bridget mich bei meinem Spaziergang begleiten durfte.

Als ich an diesem Nachmittag mit Bridget das Haus verließ und dem alten Lucas freundlich zulächelte, fragte ich mich, ob er unser lautes Herzklopfen wohl hören konnte. Bridget war so klug gewesen, kein Gepäck mitzunehmen. Ich konnte mir vorstellen, daß es ein großes Opfer für sie war. Es bewies, in welch verzweifelter Lage sie sich befand.

Erst nachdem wir eine Weile gegangen waren, fragte mich Bridget: »Madam, wollen Sie nicht mit mir kommen?«

»Nein, warum?« antwortete ich, etwas überrascht. »Warum fragst du?«

»Ich habe merkwürdige Dinge über das Schloß gehört.«
»Was für Dinge?«

Sie berichtete mir von Miß Tomkins.

»Man kann nicht dem Schloß — oder den Igraines die Schuld geben, daß sie sich umgebracht hat«, sagte ich.

»Nein, Madam. Aber ... das ist noch nicht alles. Ich habe gehört, daß in den letzten Jahren einige der Dienstmädchen verschwunden sind. Eine von ihnen mit einem kleinen Baby.«

»Vielleicht laufen sie fort, so wie du.«
»Vielleicht.«
»Das meiste davon ist sicher nur Gerede.«

Wir überquerten den Schloßgraben. »Irgend etwas geht da vor.« Sie schüttelte den Kopf. »Eines Nachts habe ich Gesang gehört.«

Ich blieb wie erstarrt stehen. »Was hast du gehört?«

Sie wiederholte es noch einmal. »Es kam aus der Ferne.«

»Dieser Gesang, Bridget, kannst du dich erinnern, wann das war?«

»Nicht genau. Es ist längere Zeit her.«
»Haben es die anderen Dienstboten auch gehört?«
»Nein, angeblich nicht.«

Konnten Bridget und ich den gleichen Traum gehabt haben?

Wir hatten inzwischen das kleine Wäldchen erreicht. Ich machte mir Vorwürfe, Lady Igraine hintergangen zu haben und versuchte, Bridget zu überreden, umzukehren.

»Ich werde nicht zurückkehren«, antwortete sie eigensinnig.

»Aber siehst du denn nicht, daß es besser für dich wäre?«

Ich streckte meine Hand nach ihr aus, aber sie sprang zur Seite. »Sagen Sie ihnen, daß Sie mich aus den Augen verloren haben«, rief sie und rannte in den Wald.

»Bridget!« rief ich ihr nach. »Bridget!« So schnell ich konnte, folgte ich ihr durch das Gebüsch.

Das Licht war dämmerig unter den Bäumen, deren dunkle Zweige und Äste wie ein dichtes, verschlungenes Netz über mir hingen. Wieder befiel mich diese beklemmende Angst. Ich blieb stehen, mein Herz klopfte wild, und ich kämpfte gegen das übermächtige Verlangen an, zurückzulaufen.

Plötzlich zerriß ein schriller Schrei die Stille, und ich begann zu laufen. Nach einer Minute erreichte ich eine größere Lichtung. Bridget stand in der Mitte. Ihr gegenüber sah ich einen riesigen, schwarzen Bullen, er war so groß, so furchterregend, daß er mir wie ein Monster aus einer vergangenen Zeit erschien. Ein Grollen, das wie ferner Donner klang, ertönte aus seiner Kehle.

»Bleib ganz still stehen!« rief ich Bridget zu.

Ich weiß nicht, ob sie mich verstanden hatte, oder ob sie sich vor Entsetzen nicht bewegen konnte, aber sie stand wie zu einer Statue erstarrt da, und ihr Gesicht war grau vor Angst.

Der Bulle senkte die Hörner und warf den Kopf hin und her. In panischer Angst blickte ich mich um und überlegte fieberhaft, was ich tun könnte. Zu meinen Füßen lag ein Stein. Ich hob ihn auf und warf ihn mit all meiner Kraft auf das Tier.

Ich traf den Bullen an der Flanke, und er drehte sich plötzlich um und wandte sich mir zu.

Ich sah die vor Wut geröteten Augen, die spitzen, tödlichen Hörner, und wie Bridget erstarrte auch ich vor Entsetzen.

Lauf, rief eine innere Stimme zu mir, lauf weg!

Aber meine Beine gehorchten mir nicht. Wie festgewurzelt stand ich zitternd da, meine Augen auf den mörderischen Bullen geheftet. Er kam langsam auf mich zu. Seine schwarze Masse füllte den ganzen Horizont aus, und die Welt bestand nur noch aus diesem gewaltigen Ungetüm und meiner grenzenlosen Angst. Er senkte den Kopf und stampfte mit einem Vorderhuf auf den Boden. Er war nur noch ein paar Schritte von mir entfernt. Gleich würde er angreifen, diese Hörner ...

»Samain!«

Der Bulle hob den Kopf, und ohne mich zu bewegen, blickte ich zur Seite. Am Rande der Lichtung sah ich Stuart. Er hielt einen Stock in der einen Hand und ein Bündel Heu in der anderen.

»Samain!« Er warf das Heu auf den Boden, und der Bulle schritt langsam darauf zu.

»Gott sei Dank!« Ich atmete erleichtert auf

Stuart ging zu dem Bullen hin, und zur gleichen Zeit begann Bridget, in die entgegengesetzte Richtung zu laufen. Stuart stachelte den Bullen mit dem Stock an, sich nach Bridget umzudrehen. Dann gab er dem Tier einen Schlag auf die Flanke.

»Samain, faß sie!«

Dann geschah alles sehr schnell. Das Tier senkte die Hörner und raste auf Bridget zu.

Sie wurde von seinen Hörnern aufgespießt, bevor sie sich in den Wald retten konnte. Ich sah, wie ihr Körper in die Luft gewirbelt wurde wie ein Bündel Lumpen. Und ich hörte ihren Schrei. Er klingt mir noch immer in den Ohren.

Ebensowenig werde ich jemals den Ausdruck auf Stuarts Gesicht vergessen, seinen teuflisch frohlockenden Blick.

7

Ich sprach kein Wort mit Stuart und würdigte ihn keines Blickes, als wir durch den Wald zurückgingen. Einmal wollte er mir an einer unwegsamen Stelle helfen, aber ich stieß seine Hand so heftig zurück, daß er keinen weiteren Versuch mehr unternahm.

Die Familienkutsche stand in der Auffahrt. »Sie ist unverletzt«, hörte ich Stuart zu Lady Igraine sagen, als er mir zu ihr in die Kutsche half.

»Nein, sie ist tot«, sagte ich mit dumpfer Stimme. »Sie ist tot, und es ist meine Schuld.«

»Sie müssen sich keine Vorwürfe machen«, meinte Lady Igraine.

Ich starrte ins Leere und sah immer noch Bridgets angsterfüllte Augen vor mir. »Sie rannte ...«

»Deshalb ist der Bulle auf sie losgegangen«, sagte Stuart.

Ich sah ihn an, und durch meine plötzlich in mir aufsteigende Wut überwand ich den Schock. »Nein! Nein, das ist nicht wahr. Sie haben ihn auf Bridget gehetzt. Ich habe es gesehen. Ich habe genau gesehen, wie Sie das Tier schlugen ...« Meine Stimme wurde schrill. »Sie hatten einen Stock, und Sie sagten ... Sie sagten ... ›faß sie‹ ...«

Lady Igraine nahm meine Hand. »Beruhigen Sie sich, meine Liebe. Bitte beruhigen Sie sich doch. Wie es auch immer geschehen ist, es ist nicht zu ändern. Das Wichtigste ist, daß Sie unverletzt und in Sicherheit sind.«

Ich starrte sie einen langen Moment an, dann wandte ich mich ab. Die Kutsche fuhr ruckartig an. Es wäre zu ändern gewesen. Stuart Igraine hatte den Bullen mit voller Absicht auf Bridget gehetzt. Aber auch ich fühlte mich schuldig an ihrem Tod. Wenn ich ihr nicht das Geld gegeben und sie nicht überredet hätte, mit mir spazierenzugehen, wäre sie jetzt noch am Leben.

»Wir müssen den Göttern danken, welchen auch immer, daß Sie in Sicherheit sind«, wiederholte Lady Igraine.

»Meine Sicherheit würde Ihnen nicht mehr so viel bedeuten, Lady Igraine, wenn Sie die Wahrheit wüßten«, erwiderte ich bitter. »Ich habe Bridget geholfen fortzulaufen. Ich habe ihr Geld gegeben und wollte mit ihr durch das Tor gehen, so daß sie an dem Wächter vorbeikommen könnte. Ich erkannte, daß der Plan nicht sehr klug war, deshalb versuchte ich, sie zu überreden ...«

Lady Igraine betupfte meine Stirn mit ihrem Spitzentaschentuch. »Sie brauchen nichts zu erklären. Ich weiß, daß Sie ein gutes Herz haben.«

»Ich wollte ihr helfen zu fliehen«, wiederholte ich. »Sind

Sie mir nicht böse?« Ich wollte, daß sie böse war. Ich wollte bestraft werden.

»Nein, meine Liebe. Ich bin nicht böse. Sie sind uns sehr wertvoll, weit mehr, als Sie sich vorstellen können.«

Wertvoll. Das Wort klang hohl wie Falschgeld. Warum sollte ich wertvoll sein? Sie meinte sicherlich nicht meine Schreibkunst oder meine Person. Zwischen uns bestand weder Freundschaft noch Zuneigung.

Als wir ins Schloß zurückgekehrt waren, bestand Lady Igraine darauf, daß sie und Mrs. Beecham mich zu Bett brachten. »Sie könnten dem Kind Schaden zugefügt haben«, meinte Lady Igraine ein wenig vorwurfsvoll.

Sobald ich unter der Decke lag, legte Mrs. Beecham ihre Hand auf meinen Bauch. Ich erschauerte unter ihrer Berührung. »Ich bin ganz vorsichtig«, sagte sie. »Ich möchte nur fühlen, ob sich das Kind bewegt.«

»Es bewegt sich«, entgegnete ich.

Nachdem sie ihre Untersuchung beendet hatte, fragte ich Lady Igraine: »Könnte ich Sie allein sprechen?«

»Selbstverständlich.« Sie nickte Mrs. Beecham zu, und die Haushälterin zog sich zurück. »Was haben Sie auf dem Herzen, meine Liebe?«

»Wäre es nicht möglich, daß jemand anderes bei meiner Entbindung anwesend ist?«

»Warum fragen Sie? Ich bezweifle, daß Sie einen besseren Geburtshelfer finden als Mrs. Beecham, es sei denn, Sie gehen nach London. Und davon rate ich Ihnen dringend ab.«

»Gibt es keinen Arzt im Dorf?«

Sie stand auf und ging zum Fenster. »Ich dachte, Sie wären am Anfang mit unserer Absprache zufrieden gewesen.«

»Ich möchte nicht undankbar sein, aber ... ich mag Mrs. Beecham nicht.«

»Ich verstehe.« Sie wandte sich um. »Es tut mir leid, das zu hören. Sie ist nicht sehr liebenswert, aber eine erfahrene und hervorragende Hebamme.«

Obwohl sie ganz ruhig sprach, spürte ich, daß sie ungehalten war. »Es gibt einen Arzt im Dorf«, fuhr sie fort. »Er ist schon vor Jahren in Pension gegangen. Er ist alt. Aber wenn Sie es wünschen, werde ich ihn rufen lassen.«

»Ich wäre Ihnen sehr dankbar.«
»Also gut.«
Lady Igraine hielt Wort und ließ den Arzt kommen. Er besuchte mich bereits am nächsten Morgen. Sein Name war Dr. Gibbs. Lady Igraine hatte nicht übertrieben, er war mindestens neunzig Jahre alt und so gebrechlich, daß er von seinem Assistenten beinahe die Treppe hochgetragen werden mußte. Außerdem war er halb blind. »Sie sind also die Patientin«, sagte er. »Mrs. Waley, nehme ich an.«
»Waverly«, berichtigte ich ihn.
»Ah ja.« Er nahm seine Brille ab und begann sie mit einem großen, nicht sehr sauberen Taschentuch zu putzen. »Und Sie haben Schwierigkeiten?«
»Nein. Ich möchte nur einen Arzt zur Seite haben, wenn mein Kind geboren wird.«
»Und wann wird es soweit sein?«
»Im März, Mitte März.« Mir kamen allmählich Zweifel, ob der arme Mann noch so lange leben würde, als ich sah, wie seine Hände zitterten.
»Wie sind Sie auf das Schloß gekommen?« fragte er mich.
»Ich bin bei Lady Igraine angestellt.«
»Ah ...« Er setzte die Brille wieder auf die Nase. »Sehr bedauerlich.«
Erschrocken sah ich hinüber zu Lady Igraine, die die ganze Zeit über im Zimmer war. Sie stand mit dem Rücken zu uns am Fenster.
»Ich glaube nicht«, sagte ich zu Dr. Gibbs. »Lady Igraine war immer sehr gut zu mir.«
»Sehr bedauerlich«, wiederholte er abwesend. »Hier war eine Miß Tomkins ...« Plötzlich fing er an zu husten. Sein Gesicht verfärbte sich dunkelrot, und seine Brille fiel herunter, als er nach Atem rang. Der Husten schien überhaupt nicht mehr aufzuhören.
»Ein Glas Wasser«, rief ich aufgeregt.
Lady Igraine hatte sich bis jetzt nicht gerührt, aber nun eilte sie hinüber zu dem Waschtisch und brachte Dr. Gibbs ein Glas Wasser. Er nahm es mit zitternden Händen und verschüttete einen Teil über seine Weste. Er trank hastig. »Ahhh ... vielen Dank.«

Lady Igraine nahm ihm das Glas wieder ab. Sie hatte kein einziges Wort zu ihm gesagt, sondern ihn nur mit ihren eisigen, blauen Augen angesehen.

»Mrs. Waley ...« Dr. Gibbs räusperte sich und tastete nach seiner Brille. »Mrs. Waley, ich würde Ihnen empfehlen ...«

Plötzlich beugte er sich verkrampft vornüber und griff nach meinem Arm. Sein Gesicht lief blau an, und er verdrehte die Augen. Dann fiel er zu meinem größten Entsetzen quer über mich, bevor Lady Igraine ihn auffangen konnte.

»Was ist passiert?« rief ich aus.

Lady Igraine hob ihn hoch. »Die arme Seele«, sagte sie ungerührt. »Ich fürchte, Sie waren seine letzte Patientin.«

Der Tod von Dr. Gibbs war der zweite, den ich innerhalb von vierundzwanzig Stunden mitangesehen hatte, und er stürzte mich in tiefe Depressionen. Wieder machte ich mir Vorwürfe. Wenn ich nicht darauf bestanden hätte, ihn kommen zu lassen, wäre der arme Mann jetzt sicher noch am Leben.

Erst Edward Trelwyn gelang es, mich von meinem Trübsinn zu befreien. Ich hatte seit zwei Tagen das Bett nicht verlassen und mein Essen kaum angerührt. Lady Igraine kümmerte sich sehr besorgt um mich, und ich fragte mich, ob ich sie falsch eingeschätzt hatte. Vielleicht hatte Mr. Trelwyn recht, als er sagte, daß Lady Igraine eine gute Frau sei, die nichts für ihre kühle Art konnte. Am Nachmittag des zweiten Tages kam Lady Igraine in mein Zimmer und berichtete mir, daß Mr. Trelwyn zum Tee gekommen sei. Er wollte mich sehen. Sie fragte mich, ob er heraufkommen könne.

Ich beschloß, mich lieber ein wenig zurechtzumachen, und ihn im Salon zu sehen.

Lady Igraine half mir die Treppe hinunter. Mr. Trelwyn stand auf, als ich den Salon betrat. »Was muß ich da hören, Sie sind krank?« fragte er mit gespieltem Ernst. »Sie können nichts essen?«

Ich errötete. »Es tut mir leid, aber ich ...«

»Das macht doch nichts. Kommen Sie, setzen Sie sich zu mir. Eine Tasse Tee wird Ihnen guttun.«

Ich war froh, daß das Thema dann von mir auf das Wetter überging. Diese Unterhaltung war auf jeden Fall besser als meine Depressionen oder meine Gedanken über Dr. Gibbs und Bridget. Und doch wurde ich jetzt an das kleine Dienstmädchen erinnert, als ich aus dem Fenster schaute und die grauen, zusammengeballten Wolken sah. Der Regen würde bald auf ihr einsames Grab herniederprasseln. Lady Igraine hatte mir erzählt, daß sie, im Gegensatz zu Miß Tomkins, im Dorf beerdigt worden war. Sie hatte keine Angehörigen. Miß Tomkins hatte keine Familie und ich auch nicht. Waren wir alle, die nach Schloß Awen kamen, Waisen, ohne jegliche Verbindung zu der Außenwelt?

Lady Igraine entschuldigte sich nach einer Weile, aber Mr. Trelwyn blieb noch, auf meine Bitte hin. Er hatte mir mit seinem warmen Lächeln und seiner Heiterkeit sehr geholfen, und ich fühlte mich schon viel besser.

»Sie haben mir immer noch nicht erzählt, warum Sie sich mir anvertraut haben«, sagte er unvermittelt.

»Nun«, erwiderte ich langsam, »ich glaube, weil Sie der erste sympathische, freundliche Mensch waren, dem ich begegnet bin seit ... seit ich gezwungen war, mein Zuhause zu verlassen. Sie sind — wie soll ich es sagen? — wie ein älterer Bruder, wie ein Vater für mich.«

»So verhält es sich also«, meinte er kühl. Er stand abrupt auf, ging ans Fenster und drehte mir den Rücken zu.

Was hatte ich nur gesagt? Er schien böse zu sein. Ich konnte jedoch nicht verstehen, warum.

»Nehmen Sie mir meine Worte übel?« fragte ich ihn.

»Ja.«

»Warum?«

Er kam zum Sofa zurück. »Weil ich hoffte, meine liebe Charlotte, daß ich Ihnen viel mehr bedeuten würde.« Er sah so eindringlich und flehentlich auf mich herunter — eine stille Aussage, die so deutlich war, daß ich sie nicht mißverstehen konnte.

»Mr. Trelwyn ...«

Er setzte sich neben mich, nahm meine Hände und küßte sie.

»Ich ...« Ich fand keine Worte. Ich hätte es wissen müssen. Mr. Trelwyn suchte ständig meine Nähe, im Salon, beim Abendessen, beim Tee. Der grüne Schal, seine rührende Besorgnis um mein Wohlbefinden.

»Fühlen Sie sich von mir belästigt?« Er rückte zur Seite.

»Nein, nein. Ich hatte nur nicht geahnt ...«

»Ich bin nicht Stuart Igraine«, sagte er, meine Verlegenheit mißdeutend. »Meine Absichten sind ehrenhaft.«

»Das ist es nicht.«

»Was dann?«

Ich war verwirrt, denn ich erkannte plötzlich, daß ich blind gewesen war, nicht nur Edward Trelwyns Gefühlen, sondern auch meinen eigenen gegenüber. Daß ich ihn wie einen Freund, einen Vater oder Bruder betrachtet hatte, war nur ein Schutz und Selbstbetrug gewesen. Edward Trelwyn war ein Mann, und obwohl er doppelt so alt war wie ich, ein attraktiver Mann, ein Mann, der einfühlsam und großzügig war ...

»Ich wollte Sie nicht erschrecken«, sagte er. »Eigentlich wollte ich noch warten, bis das Kind auf der Welt ist. Es war mein großer Wunsch, Sie dann zu fragen, ob Sie mir die Ehre erweisen würden, meine Frau zu werden.«

»Mr. Trelwyn ...« ich konnte ihm nicht in die Augen sehen.

»Edward.«

»Edward.« Ich blickte zu ihm auf. »Sie haben mich glücklicher gemacht, als Sie sich vorstellen können.« Das war die Wahrheit. Ich hatte niemals geglaubt, daß ein ehrenwerter Mann, der meine Lage kannte, mir einen solchen Antrag machen würde. »Sie haben so viel für mich getan ...«

»Noch längst nicht so viel wie ich gerne möchte.« Die Glut in seinen Augen ließ mich schwach werden. Ich fühlte, wie ich mich an ihn lehnte, ihm entgegenkam ...

Es klopfte an der Tür. Edward Trelwyn sprang hastig auf. Der Wächter Lucas trat ein. »Mr. Trelwyn, Ihre Kutsche ist vorgefahren«, verkündete er.

»Danke, Lucas, das hatte ich vergessen.« Dann wandte er sich an mich: »Ich hatte Silchester gebeten, mich hier um fünf Uhr abzuholen.«

Er nahm meine Hand und küßte sie. »Ich will Sie nicht drängen, mir eine Antwort zu geben. Aber denken Sie darüber nach. Und in der Zwischenzeit werde ich weiterhin Ihr Freund sein.«

Dann verließ er mich. Ich stand auf und trat ans Fenster. Ich sah Silchester, der mit dem Rücken zu mir auf der Kutsche saß und geduldig auf seinen Herrn wartete. Etwas an der Haltung des Stallburschen, seine breiten Schultern vielleicht, erinnerte mich plötzlich an Adam, und mein Herz krampfte sich zusammen. Ich wandte mich ab, denn das Kind bewegte sich in mir, und ich besann mich. Mein Gefühl für Edward Trelwyn war der Schwäche eines Augenblicks entsprungen.

Niemand konnte Adams Platz einnehmen.

8

In dieser Nacht brach ein schrecklicher Sturm los. Ich ging erst sehr spät zu Bett, und obwohl der Donner über mir grollte, schlief ich sofort ein. Stunden später erwachte ich. Das Gewitter war nur noch aus der Ferne zu hören. Mein Zimmer war eisig kalt, und ich fror trotz der vielen Decken, die ich über mich gelegt hatte. Ich stand auf, um das Feuer im Kamin wieder zu schüren.

Plötzlich hörte ich murmelnde Stimmen. Zuerst waren sie kaum vernehmbar und wurden dann immer lauter. Auf einmal gingen die Stimmen in einen Gesang über, in einen monotonen Singsang. Es war der gleiche Gesang, von dem Mrs. Beecham behauptet hatte, ich hätte ihn geträumt.

Jetzt träumte ich nicht. Ich war hellwach.

Ich zog meine Hausschuhe und den Morgenmantel an und öffnete die Tür. Der Gesang war nun deutlicher und hallte durch die Gewölbe. Wie zuvor, waren die Worte unverständlich. Das Singen zog mich hinaus in den düsteren Korridor, und vorsichtig stieg ich die Treppe hinab. Als ich unten ankam, sah ich, daß Lucas in seinem Stuhl eingeschlafen war.

Der Gesang schien aus dem Dinstbotenflügel zu kommen. Ich schritt langsam durch die Halle.

»Mrs. Waverly...«

Das Singen hörte abrupt auf, und ich wandte mich um. Es war Lucas. Er stand mitten in der Halle und zupfte an seinem Bart. »Wo gehen Sie hin, Madam?« fragte er.

»Der Gesang ... ich habe den Gesang gehört.«

»Wirklich?« Er trat näher. »Ich habe nichts gehört.«

»Sie haben geschlafen«, erwiderte ich. »Sie konnten gar nichts hören.«

»Ich habe nicht geschlafen«, entgegnete er fast ein wenig beleidigt. »Ich habe mich nur ausgeruht. Ich sah Sie die Treppe herunterkommen und durch die Halle gehen.«

»Dann müssen Sie auch den Gesang gehört haben.«

»Nein, da war kein Gesang, Madam.« Seine Lippen öffneten sich über dem Bart; ich konnte nicht erkennen, ob es eine Grimasse oder ein Lächeln war. »Mrs. Beecham sagt, daß Sie öfter fantasieren.«

Ich spürte, wie Zorn in mir aufstieg. »Fantasie, tatsächlich? Es war laut genug, um Tote aufzuwecken.«

Er erschrak und blickte sich hastig um.

»Sie mögen solche Worte nicht?« fragte ich. »Man muß an die Toten denken. Es waren zwei in der letzten Woche. Was halten Sie davon?«

»Das ist ein sehr böses Omen.« Er zuckte mit den Schultern und erschauerte.

»Lucas«, sagte ich, »wollen Sie immer noch leugnen, den Gesang gehört zu haben?«

»Nein ... ich ... ich höre vieles.« Wieder sah er sich ängstlich um und fuhr flüsternd fort: »Aber es ist das beste, sich einzureden, daß man nichts hört. Das beste, Madam. Befolgen Sie meinen Rat.«

»Was ist das für ein Gesang?« fragte ich ihn ebenfalls im Flüsterton.

Er blickte mich lange und abschätzend an. »Da war kein Gesang.«

»Aber gerade eben haben Sie es doch zugegeben.«

»Madam, sie beobachten uns. Man muß sich hüten, etwas zu sagen.«

»Sie? Wer? Wer beobachtet uns?«

»Die, die sich verwandeln können«, sagte er.

»Das verstehe ich nicht.«

»Diejenigen, die die Macht haben, sich von einem Menschen in ein Tier zu verwandeln.«

»In was für ein Tier?« wollte ich wissen.

»Irgendwelche — alle.«

»Sie sind ein abergläubischer, alter Mann«, sagte ich mit lauter Stimme, um meine plötzliche Furcht zu unterdrücken. »Sie erzählen Märchen, um mich zu erschrecken.«

Er warf mir einen verschlagenen Blick zu, dann wanderten seine Augen an mir vorbei, und sein Gesicht wurde leichenblaß.

»Mrs. Beecham!« Er drehte sich um und eilte an seinen Platz neben der Tür zurück.

»Was ist das hier für eine Unruhe?« ertönte Mrs. Beechams kalte Stimme durch die Halle. »Mrs. Waverly, warum sind Sie nicht in Ihrem Bett?«

Sie stand im Schatten in der Nähe des Dienstboteneingangs, eine schwarze Gestalt, die kaum zu erkennen war.

»Ich habe Gesang gehört.«

Sie kam langsam auf mich zu. Ihr Gesicht war wie versteinert, nur die schwarzen Augen waren lebendig. »Sie scheinen ziemlich oft Stimmen zu hören. Sie träumen zu viel. Ich glaube, Sie schlafen nicht gut.«

»Ja, aber...«

»Da waren keine Stimmen, kein Gesang, so wie Sie ihn schon einmal beschrieben haben.«

»Ja, aber...«

»Lady Igraine wäre zutiefst beunruhigt, wenn sie erführe, daß Sie eine Schlafwandlerin sind, Mrs. Waverly. Ich werde dafür sorgen, daß Sie jeden Abend einen Kräutersaft bekommen.«

»Ja, Mrs. Beecham.« Ich wandte mich um und ging zurück durch die Halle und die Treppe hinauf. Ich fühlte, wie ihre Augen mir folgten, dieser durchdringende Blick in meinem Rücken, bis ich aus ihrer Sicht verschwunden war. Ich schloß meine Tür hinter mir und kroch zitternd in mein Bett. Ich wußte genau, daß ich mir den Gesang nicht eingebildet hatte. Und Bridget hatte ihn auch gehört. Gab es etwas Geheimes, etwas Böses, das auf Schloß Awen vor sich ging? Sogar die Steine in den Wänden, die gewölbten Decken, die kalten, düsteren Gänge erinnerten an uralte

Geister und geheimnisvolle Tote. Waren sie nun in meiner
Zeit, und in Lady Igraines, wieder zum Leben erwacht?
Vielleicht war Mrs. Beecham deshalb so böse. Sie hatte
auch Angst. Nein, dachte ich und schloß müde die Augen,
Mrs. Beecham würde sich wohl niemals vor etwas fürchten.

Es regnete drei Tage lang in Strömen. »Das ist der nasseste
Winter seit Jahren«, sagte Edward Trelwyn, nachdem er
über die aufgeweichte Straße zum Abendessen zu uns her-
übergeritten war. »Wenn es so weitergeht, werden die Felder überschwemmt sein und man kann im Frühjahr nichts
anpflanzen.«

»Dieses Jahr nicht«, entgegnete Lady Igraine. »Sie vergessen, was ich Ihnen gesagt habe. Ich kann voraussagen,
daß Ihnen nach der Tag- und Nachtgleiche nur noch Gutes
widerfährt.«

Er senkte den Kopf und blickte in sein Weinglas. »Ich
habe es nicht vergessen. Und ich glaube Ihnen.« Dann
wandte er sich lächelnd an mich. »Wußten Sie, daß unsere
Lady Igraine eine Seherin ist?«

»Edward!« Lady Igraine sah ihn mißbilligend an. »Das
hört sich so an, als sei ich nicht besser als eine Wahrsage-
rin bei den Zigeunern. Mrs. Waverly wird mich demnächst
bitten, ihre Teeblätter zu deuten.«

»Das werde ich nicht tun«, erwiderte ich ernst. »Ich glaube nicht daran, daß ein Sterblicher die Zukunft voraussagen kann.« Es wurde plötzlich sehr still im Raum. Der
Diener hielt beim Abräumen inne. Alle sahen mich an, sogar der kleine Aubrey, der seinen Löffel halb zum Mund
gehoben hatte. Ihre Gesichter, ihre Augen zeigten diesen
leeren Ausdruck, der mich schon immer beunruhigt hatte.
Es war, als säße ich an einem Tisch mit maskierten Gestalten, deren Gedanken hauptsächlich um meine Person krei-
sten, Gedanken, die ich unbedingt kennen sollte, die ich
aber nie erfahren würde.

Nur Edwards Haltung veränderte sich nicht. Er war belu-
stigt. »Und Sie glauben also, daß die Zukunft ein Rätsel
ist, das wir nicht lösen können?«

»Ja.«

»Wir alle sind auf irgendeine Art Seher«, entgegnete er.

»Sogar Aubrey erwartet, daß auf den Tag die Nacht folgt.«

»Das gebe ich zu. Aber ob es ein schöner Tag wird oder ...«

»Es wird regnen«, sagte Lady Igraine, und Edward Trelwyn lachte.

Und es regnete wirklich. Tagelang hörte der Regen nicht auf. Erst gegen Ende der Woche hellte sich der Himmel auf, und an dem ersten schönen Nachmittag nahm ich meinen Hut und erklärte Lady Igraine, daß ich ausgehen würde.

»Vielleicht kann ich dieses Mal allein gehen?« fragte ich.

Zu meiner Überraschung stimmte sie zu. »Ich glaube, Sie kennen sich jetzt gut genug aus«, war alles, was sie sagte.

Ich war so glücklich und guter Laune, daß ich beschloß, das Feld mit den Steinen noch einmal aufzusuchen, um mir selbst zu beweisen, daß meine düsteren Eindrücke verflogen waren wie die dunklen Wolken am Himmel.

Ich fand das Feld ohne Schwierigkeiten. Es lag dort unter den warmen Strahlen der Nachmittagssonne, ganz harmlos und friedlich, und die großen Steine flößten mir keine Angst mehr ein.

Ich ging raschen Schrittes geradewegs auf die Mitte zu, dorthin, wo ich glaubte, meinen schrecklichen Traum für immer auslöschen zu können. Aber es gelang mir nicht.

Wieder befiel mich dieses grauenhafte Entsetzen, ein unwirkliches, instinktives Entsetzen. Ich wurde zurückgeworfen, weit zurück in eine andere Zeit, in eine Angst, die in grauer Vorzeit einmal geherrscht haben mußte. Hier gab es keinen Vogelgesang, nur den pfeifenden Wind, der an meinen Röcken zerrte und mir ins Gesicht peitschte. Die Sonne schien zwar noch, aber sie war jetzt kalt, sie funkelte eisig, wie eine Scheibe aus Edelsteinen. Lieber Gott, welch ein Ort war dies? Es war kein gewöhnliches Feld, auch wenn Mrs. Beecham das behauptet hatte. Und diese Steine standen auch nicht zufällig hier. Sie bildeten einen perfekten Kreis um mich, obwohl sie alle verschieden groß waren und auch die Zwischenräume zwischen jedem einzelnen unterschiedlich waren. Je länger ich in sprachlosem Entsetzen auf die Steine starrte, desto mehr nahmen sie groteske, menschliche Gestalten an, genauso wie beim erstenmal.

Ich versuchte, aus diesem teuflischen Kreis zu entkommen, aber die Steine schienen zusammengerückt zu sein, um mir den Weg zu versperren. Verzweifelt und schluchzend ging ich von einem zum anderen, preßte meine Hände gegen sie und flehte sie an: »Bitte ... bitte ... laßt mich vorbei ...«

Panik ergriff mich, und ich zwängte mich mit letzter Kraft hindurch. Ich war überrascht, wie leicht sie wieder auseinandergerückt waren. Sobald ich außerhalb des Ringes stand, war meine Angst vorüber und das Feld lag genauso ruhig vor mir wie zuvor.

Auf meinem Rückweg nahm ich einen kleinen Pfad, der zur Auffahrt führte, denn so harmlos das Feld jetzt auch aussah, wollte ich keinen Fuß mehr darauf setzen. Ich kam zu einer Stelle, wo der Weg auf einmal sehr schmal wurde. Daneben befand sich eine ausgewaschene Erdrinne, an der ich vorsichtig vorbeibalancierte. Ich hielt meine Augen auf den Boden gerichtet, um nicht auszurutschen, als ich plötzlich etwas sah, das mich innehalten ließ. Vor meinen Füßen lag ein Schädel in der schlammigen Erdspalte. Er grinste mich an, verkohlt und geschwärzt, als wäre er verbrannt worden. Zuerst dachte ich, daß es der Schädel eines Tieres sein könnte, aber als ich genauer hinsah, erkannte ich, daß er von einem Menschen stammte. Voller Abscheu schrak ich zurück. ›Sie haben sie in dem Graben neben dem Ring beerdigt ...‹, hatte der kleine Aubrey über Miß Tomkins gesagt. Aber dieser Schädel war zu klein für eine erwachsene Frau. Es war der Schädel eines Kleinkindes.

Warum war dieses Baby an einem solchen ungeweihten Ort beerdigt worden? War es nicht getauft worden? Oder gab es einen anderen, geheimnisvollen Grund, warum es in einem einfachen Graben liegen mußte, ohne einen Stein, der sein Grab bezeichnete? Plötzlich erinnerte ich mich an Bridgets Worte. ›Sie verschwanden ... eine mit einem Baby.‹

Angst stieg in mir hoch, als ich spürte, wie mein Kind sich in mir bewegte.

9

Am gleichen Abend erzählte ich Lady Igraine von meiner grausigen Entdeckung. Sie war auf mein Zimmer gekommen, um mir den Kräutersaft zu bringen. Ich war überrascht, sie zu sehen, denn sonst wurde er mir von einem der Mädchen oder Mrs. Beecham gebracht.

»Gibt es einen Friedhof auf dem Schloßgelände?« fragte ich sie.

Ein leichtes Zucken huschte wie ein Schatten über ihr Gesicht. »Es gibt mehrere. Früher hat hier ein keltischer Stamm gelebt. Die Hütte des Stammesführers befand sich genau an der Stelle, wo das Schloß heute steht. Warum fragen Sie?«

»Ich bin an einer Erdrinne vorbeigekommen, die der Regen ausgewaschen hatte. Ich glaube, es war ein Grab, denn ich habe einen Schädel gesehen.«

»Das überrascht mich nicht.«

»Es war der Schädel eines Kindes, eines Babys. Er war verkohlt, als ob er mit Feuer in Berührung gekommen wäre.«

»Auch das wundert mich nicht. Die Kelten haben ihre Toten verbrannt. Sie haben wahrscheinlich eine alte Grabstätte entdeckt. Wo ist diese Erdrinne?«

»Sie befindet sich neben dem Feld mit den Steinen.« Wieder bemerkte ich dieses leichte Zucken in ihren Gesichtszügen, kaum wahrnehmbar, wie der Flügelschlag einer Libelle. »Die Steine scheinen kreisförmig aufgestellt zu sein.« Ich hielt inne und wartete auf ein ironisches Lächeln, mit dem sie mir zeigen würde, daß ich meiner Fantasie wieder freien Lauf ließ. Aber sie lächelte nicht. Ihr Gesicht war völlig ausdruckslos. Also fuhr ich fort: »Ich hatte ein sehr merkwürdiges Gefühl, als ich in der Mitte des Kreises stand. Die Steine schienen menschliche Gestalt angenommen zu haben. Ich spürte, daß sie eine böse, teuflische Absicht hatten.«

Lady Igraine stand abrupt auf. »Meine Liebe, was für eine Absicht?«

»Ich weiß es nicht. Etwas Unchristliches, Satanisches.«

Ich sah sie an. »Ich habe einmal von Teufelsritualen gehört.«

»Mrs. Waverly, Sie überraschen mich. Ich habe Sie für intelligenter gehalten. Das nächstemal werden Sie mir noch von Hexen erzählen, die auf Besen über das Schloß reiten.«

Ich senkte meinen Blick. Es war dumm von mir gewesen, ihr überhaupt etwas zu erzählen.

»Wir gehen nicht in die Kirche«, fuhr sie mit kalter Stimme fort. »Wir sind Agnostiker. Da wir nicht die gleiche Religion haben wie alle anderen, unterstellen Sie uns, daß wir im Bündnis mit dem Teufel stehen?«

»Sie verstehen mich falsch.«

»Als nächstes werden Sie zum Vikar laufen und verlangen, daß man uns auf dem Scheiterhaufen verbrennt.« Sie redete sich immer mehr in Wut, und ich konnte nicht verstehen, warum.

»Lady Igraine ...«

Sie ging zur Tür, drehte sich dann aber noch einmal um. »Nun, sind Sie bereit, sich zu entschuldigen?« fragte sie eisig.

»Es tut mir leid, Lady Igraine, wenn Sie mich mißverstanden haben«, entgegnete ich. »Bitte glauben Sie mir, daß ich nicht die Absicht hatte, Ihnen — oder der Familie Igraine — zu unterstellen, etwas mit heidnischen Ritualen zu tun zu haben. Vielleicht haben die Kelten diesen Ort benutzt.«

»Sie sind ein Dummkopf.« Wieder stieg die Zornesröte in ihr Gesicht. »Die Kelten wußten nichts von Luzifer.«

Ich war zwar bereit gewesen, mich zu entschuldigen, aber ich wollte mich nicht beleidigen lassen. »Es scheint«, sagte ich, »daß Ihnen alles mißfällt, was ich sage. Vielleicht ... vielleicht haben Sie das Gefühl, daß unsere Beziehung aufgehört hat, für beide Seiten zufriedenstellend zu sein.«

Sie ließ den Türknopf los und kam auf mich zu. »Sie denken doch nicht daran, uns zu verlassen?«

Das wollte ich nicht. Wie konnte ich nur so dumm sein, so etwas zu sagen, wo doch mein Kind in sechs Wochen zur Welt kommen sollte? Aber ich mußte nun zu meinen Worten stehen. »Nein. Aber wenn Sie unzufrieden mit mir sind ...«

»Meine Liebe«, sagte sie, und ihre Stimme war auf einmal honigsüß, »eine kleine Meinungsverschiedenheit ...« Sie nahm meine Hand und lächelte mir flüchtig zu. »Meine Worte waren voreilig und unüberlegt. Es ist nicht so leicht zu verkraften, wenn man angeklagt wird, mit dem Teufel im Bunde zu stehen.«

»Ich hatte Sie nicht beschuldigt.«

»Natürlich hatten Sie das nicht.« Sie tätschelte meine Hand. »Aber ich möchte, daß Sie wissen, daß wir – die Igraines – eine stolze Familie sind.« Sie nahm wieder Platz. »Sie grübeln immer noch. Wollen Sie meine Entschuldigung nicht annehmen?«

»Doch, warum nicht? Ich akzeptiere sie, wenn Sie auch meine annehmen.«

»Aber selbstverständlich. Und jetzt sind wir wieder Freunde, nicht wahr?«

»Ja, Lady Igraine«, erwiderte ich und vermied es, sie anzusehen. Lady Igraine war nicht meine Freundin, sie war es nie gewesen, und ich war jetzt sicher, daß sie es niemals sein würde.

»Wir haben Sie alle sehr liebgewonnen«, meinte sie.

»Vielen Dank«, murmelte ich. Wir. Wer? Stuart Igraine?

»Edward Trelwyn ebenfalls«, fuhr sie fort. »Und es ist nicht so leicht, ihm näherzukommen.«

Ich warf ihr einen raschen Blick zu. Hatte Edward etwa mit ihr über seine Gefühle für mich gesprochen? Ich fühlte mich bei diesem Gedanken irgendwie verraten.

Sie mußte erraten haben, was in mir vorging, denn sie fügte hastig hinzu: »Er hat es mir gegenüber nie erwähnt, aber ich erkenne das an der Art, wie er Sie ansieht.« Ich hatte das Gefühl, daß sie von mir erwartete, mich ihr anzuvertrauen.

»Kennen Sie Mr. Trelwyn schon lange?« fragte ich und mied ihre erwartungsvollen Augen.

»Schon viele Jahre«, antwortete sie. »Von dem Tag an, als mein Mann mich nach Awen brachte. Natürlich war Edward zu der Zeit noch ein junger Bursche. Aber wir wurden Freunde. Und als mein Mann zehn Jahre später starb, wurde unsere Freundschaft noch enger.«

»Dann kannten Sie auch seine Frau?«

Sie warf mir einen scharfen Blick zu. »Er war damals noch nicht verheiratet.« Nach einer kurzen Pause fuhr sie fort: »Ja, ich kannte sie. Ich lernte sie allerdings erst kennen, als er sie eines Tages hierherbrachte.«

Also war Edward Trelwyns Heirat eine Überraschung für Lady Igraine gewesen, und aus ihrem Ton konnte ich schließen, daß sie nicht erfreut darüber gewesen war. Ob sie vielleicht erwartet hatte, daß Edward sie heiratete? Offensichtlich war er noch Junggeselle, als sie Witwe wurde. Edward war ein gutaussehender intelligenter Mann, und sie sah zu ihm auf. Ihre beiden Grundstücke grenzten aneinander. Es wäre eine sehr vorteilhafte Heirat gewesen.

Aber sie war mindestens zehn Jahre älter als er. Wenn ich so darüber nachdachte, mochte Edward Lady Igraine zwar, aber er hatte nie zärtliche Gefühle ihr gegenüber gezeigt. Und obwohl sie ihn Edward nannte, redete er sie nie anders als mit Lady Igraine an.

»Ein Mann wie Mr. Trelwyn ist sehr gefragt«, sagte Lady Igraine und sah mich an. »Er ist eine sehr gute Partie. Aber ich bezweifle, daß er sich von einem hübschen Gesicht einfangen läßt.«

Jetzt wußte ich den Grund, warum Lady Igraine in mein Zimmer gekommen war. Sie wollte mich warnen. Sie hoffte immer noch, Edward zu heiraten.

»Lady Igraine«, sagte ich herausfordernd, »Sie glauben doch nicht etwa, daß ich es auf Mr. Trelwyn abgesehen habe?«

»Er ist ein wunderbarer Mann.«

»Nun, aber mein Adam ist erst so kurze Zeit tot. Sein Kind ist noch nicht geboren. Ich kann Ihnen versichern, daß ich keinen Ehemann suche.«

»Vielleicht jetzt noch nicht.«

»Ich kann noch nicht an die Zukunft denken. Nicht, solange der andere noch in meinem Herzen ist. Mr. Trelwyn ist sehr gut zu mir, aber er ist so viel älter, mehr wie ein Vater.«

Sie stand auf. »Sie haben ganz recht.« Ihre Augen forschten in meinem Gesicht. In ihnen war eine Botschaft zu lesen. Sie lautete: Hüte dich. Edward Trelwyn gehört mir.

Nachdem sie gegangen war, dachte ich über unsere Unterhaltung nach und fragte mich, warum sie mich eigentlich noch hierbehalten wollte. Ich hatte so vieles getan und gesagt, was ihr Mißfallen erregt hatte. Ich war in ihr privates Museum eingedrungen, hatte Stuart und Mrs. Beecham kritisiert; ich hatte Bridget geholfen und von teuflischen Ritualen auf dem Gelände des Schlosses gesprochen.

Und nun noch Edward Trelwyn. Er, den Lady Igraine für sich haben wollte, schenkte mir zärtliche Blicke. Das allein war Grund genug, mich fortzuschicken. Und doch tat sie es nicht. Warum? Was bedeutete ich ihr, daß ihr Zorn sofort in schmeichelnde Entschuldigung umschlug, als ich davon sprach, Schloß Awen zu verlassen?

In dieser Nacht träumte ich, daß Adam dort draußen mit den wütenden Wellen kämpfte, verschwand und wieder auftauchte. Voller Verzweiflung beobachtete ich ihn von meinem Fenster aus, hilflos und starr vor Entsetzen. Er versuchte, mir etwas zuzurufen; ich sah, wie seine Lippen meinen Namen formten. Ich versuchte mit aller Kraft, ihn zu verstehen. ›Adam ... Adam, was ist es ...?‹

›Charlotte, Charlotte ...‹ Ein unheimlicher, auf- und abklingender Schrei. ›Geh ... geh ...‹

Erschreckt fuhr ich auf, schweißgebadet und zitternd. Einige Augenblicke lang war ich noch in dem Traum gefangen. Und dann hörte ich es.

Zum drittenmal hörte ich den hohlen, überirdischen Gesang.

10

Entweder verlor ich bald meinen Verstand oder es war eine Verschwörung im Gange, die mich dies glauben machen sollte. Keiner der Dienstboten, die ich befragte, hatte das Singen gehört. Ich wollte gerne mit Edward darüber sprechen, aber ich fühlte mich ihm gegenüber befangen, einmal, weil er jetzt eher ein Verehrer war als ein Freund, und außerdem fürchtete ich Lady Igraines Mißbilligung. Wenn Edward zu uns kam, bemühte ich mich, ihn nicht anzusehen und nur mit ihm zu sprechen, wenn er mich anredete.

Mehrere Male entschuldigte ich mich unter dem Vorwand, Kopfschmerzen zu haben.

Mein merkwürdiges Verhalten konnte Edward jedoch nicht verborgen bleiben. Eines Morgens kam ich hinunter in die Bibliothek und trat ohne anzuklopfen ein. Zu meiner Überraschung sah ich Edward bei Lady Igraine. Als ich eine Entschuldigung stammelte, warf mir Lady Igraine mit hochrotem Kopf einen vernichtenden Blick zu. Im nächsten Moment jedoch lächelte sie. »Treten Sie ein, Mrs. Waverly, Mr. Trelwyn und ich hatten gerade eine geschäftliche Besprechung, aber wir sind jetzt fertig.«

»Ich könnte später wiederkommen«, erwiderte ich zögernd.

»Nein, kommen Sie doch herein«, bat Edward.

Ich schloß die Tür und ging hinüber zu meinem Schreibtisch. Dabei spürte ich, wie Edwards Augen mir folgten. »Wie geht es Ihnen heute morgen, Charlotte?« fragte er.

Ich erschrak, als er mich beim Vornamen nannte, und wagte nicht, Lady Igraine anzusehen. »Sehr gut, vielen Dank. Und Ihnen?«

»Ich sagte gerade zu Lady Igraine, daß heute ein viel zu schöner Tag ist, um sich in einer muffigen Bibliothek einzuschließen. Warum kommen Sie beide nicht zu mir zum Mittagessen?«

»Vielen Dank, Edward«, sagte Lady Igraine. »Ich habe hier noch etwas zu tun. Aber Mrs. Waverly würde sich sicher über eine Abwechslung freuen.«

Ich warf ihr einen raschen, unsicheren Blick zu. »Ich muß noch den Brief von gestern beenden«, entgegnete ich.

Edward sprang auf. »Unsinn! Lady Igraine wird sicherlich nichts dagegen haben, wenn Sie das erst morgen tun. Holen Sie Ihren Mantel. Sie sehen aus, als würde Ihnen ein Tapetenwechsel guttun.«

Lady Igraine nickte und verzog ihren Mund zu einem höflichen Lächeln. »Machen Sie sich keine Sorgen um den Brief.«

»Aber ich glaube nicht ...«

»Machen Sie sich keine Gedanken«, sagte Edward. »Mrs. Daisy ist schließlich auch da.«

Ich hatte Mrs. Daisy bereits bei unserem Besuch in Mr.

Trelwyns Haus kennengelernt. Sie war seine Haushälterin. Eine rundliche Frau, die ihr weißes Haar in einem unordentlichen Knoten trug. Ich hatte sie damals gleich lieb gewonnen.

Edward half mir in die kleine Kutsche. »Sie wollten eigentlich nicht mitkommen, nicht wahr?« sagte er.

»Ich glaube, Lady Igraine war es nicht recht.«

»Ich habe schon mit ihr darüber gesprochen und ihr ganz offen gesagt, daß sie kein Recht hat, sich einzumischen, wenn ich mit Ihnen zusammen sein will. Sie ist eine gute Frau, intelligent und willensstark, aber sie kann nicht über mein Leben bestimmen.«

»Sie hält sehr viel von Ihnen.«

»Und ich von ihr. Aber sie hat keinen Grund, Sie fühlen zu lassen, daß Sie mich meiden sollen.«

»Sie haben mich in eine unangenehme Situation gebracht«, sagte ich nach einer Weile. »Ich mag es nicht, daß Lady Igraine mir böse Blicke zuwirft. Ich glaube, sie ist der Meinung, daß ich Sie heiraten möchte.«

»Auch diesen Punkt habe ich mit ihr geklärt.«

»Ich habe das Gefühl«, bemerkte ich und blickte ihn verstohlen von der Seite an, »sie ist in Sie verliebt.«

Überrascht sah er mich an. »Lady Igraine? Wie kommen Sie denn darauf?«

»Ich habe nur den Eindruck, daß sie Sie gerne heiraten möchte.«

Er lachte. »Meine Liebe, da irren Sie sich. Sie denkt nicht im entferntesten daran. Ihr größter Wunsch ist nur, daß ich nie wieder heiraten soll.«

»Aber warum? Wenn sie Sie nicht liebt und nicht Ihre Frau werden möchte, könnte es ihr doch gleich sein, ob Sie nun Witwer bleiben oder nicht.«

»Für sie ist es ein großer Unterschied«, erwiderte er. »Es ist eine lange Geschichte, und eines Tages werde ich sie Ihnen erzählen.«

Wieder ein Rätsel, wieder etwas Geheimnisvolles.

»Aber wir wollen jetzt nicht von Lady Igraine sprechen, sondern von Ihnen.«

Ich blickte zur Seite, denn ich fürchtete, daß ein weiterer

Heiratsantrag folgen würde, und ich wußte immer noch nicht, was ich antworten sollte.

»Ich habe Sie in Verlegenheit gebracht«, sagte er, meine Gedanken erratend. »Sie denken, daß ich diese Gelegenheit nützen würde, um Sie zu einer Entscheidung zu drängen. Ich habe Ihnen schon gesagt, daß Sie in dieser Beziehung keine Angst haben müssen. Wir haben doch beschlossen, daß wir in der Zwischenzeit gute Freunde bleiben wollen.«

Er legte seine Hand auf die meine, und ich wandte mich ihm zu. Er blickte mich warm und aufrichtig an. »Ja«, sagte ich. »Ja, das wollen wir.«

Ich fühlte mich außerordentlich erleichtert und faßte nun Mut, mit ihm über das zu sprechen, was mir so sehr am Herzen lag. Ich erzählte ihm von meinen Empfindungen und Ängsten auf dem Feld mit den Steinen. »Kennen Sie das Feld, von dem ich spreche?«

»Ja, dort befindet sich ein alter Friedhof der Kelten.«

»Und Sie haben dort nicht die gleiche Erfahrung gemacht wie ich?«

Er dachte einen Augenblick nach. »Nein, das kann ich nicht sagen.«

Wir hatten inzwischen das Tor erreicht. Der bärtige Wächter — ein Bruder von Lucas, wie ich erfahren hatte — öffnete es, und wir fuhren hindurch. »Es gibt noch etwas, über das ich gerne mit Ihnen gesprochen hätte, Edward.«

Interessiert sah er mich an.

»Bitte versprechen Sie mir, nicht zu lachen oder zu behaupten, ich hätte geträumt.«

»Ich weiß ja gar nicht, was Sie mir sagen wollen.«

Ich erzählte ihm von dem Gesang. Er hörte zu, ohne mich zu unterbrechen. »Können Sie sich vorstellen, was das gewesen ist?« fragte ich.

»Ja, das kann ich. Ich habe es selbst einmal gehört, als ich zufällig eine Nacht auf dem Schloß verbrachte. Ich fragte Lady Igraine und Mrs. Beecham und stellte auch meine eigenen Nachforschungen an.«

Mein Herz schlug schneller. Nun würde ich die Antwort erfahren.

»Wissen Sie, am Fuße der Klippen gibt es viele Höhlen. Die Zeit und das Meer haben sie tief in den Felsen gegraben, einige von ihnen reichen bis unter das Schloß. Bei Flut füllen sie sich mit Wasser. Es ist das Steigen und Fallen des Wassers, das zusammen mit dem Wind und der eigenartigen Architektur des Schlosses die Illusion eines Gesanges vermittelt.«

»Was ich jedoch nicht verstehen kann ist, daß Mrs. Beecham und alle anderen, außer Bridget, behauptet haben, daß sie nichts gehört hätten.«

»Sie sagten nur, daß sie keine Stimmen gehört haben. Im Gegensatz zu Ihnen sind sie diese Geräusche gewöhnt, oder sie haben nicht Ihre Fantasie.«

»Das sind keine Fantasiegebilde«, verteidigte ich mich. »Ich habe doch verschiedene Stimmen gehört; einen Bariton, einen Sopran ...«

»Vielleicht sind es die Meerjungfrauen«, sagte er lächelnd.

Er lachte mich aus. Aber er hatte den Gesang auch gehört und sich seine eigene Meinung darüber gebildet.

Mrs. Daisy schien sich über meinen Besuch ehrlich zu freuen. Sie nahm mir meinen Umhang und Hut ab und war emsig bemüht, es mir im Wohnzimmer bequem zu machen. Es tat mir gut, mich von ihr verwöhnen zu lassen, denn bei ihr hatte ich nicht das Gefühl, daß es bei ihr gezwungen und unaufrichtig war wie bei Lady Igraine und Mrs. Beecham.

Nach dem ausgezeichneten Mittagessen saßen Edward und ich uns eine Weile schweigend gegenüber.

»Woran denken Sie?« fragte er mich.

»An nichts«, entgegnete ich und schaute zum Fenster hinaus.

Plötzlich sah ich die Gestalt eines Mannes, der an die Scheibe klopfte. Ich konnte sein Gesicht nicht erkennen, aber seine Kleidung und seine breiten Schultern verrieten mir, daß es Silchester war. Wieder versetzte mir sein Anblick einen Stich, denn er erinnerte mich zu sehr an Adam.

»Ihr Stallbursche«, sagte ich, aber Edward hatte sich bereits stirnrunzelnd umgedreht.

»Dieser verdammte Junge!« stieß er zornig hervor. »Ich habe ihm gesagt, daß er an den Dienstboteneingang kommen soll, wenn er mich sprechen möchte. Entschuldigen Sie mich, Charlotte.«

Er verließ eilig den Raum. Ich hatte Edward immer nur charmant und höflich erlebt, und dieser plötzliche Wutausbruch erschreckte mich ein wenig. Vielleicht hatte ich mir ein zu romantisches Bild von ihm gemacht. Aber es war gleichgültig. Ich würde niemals seine Frau werden. Adam war noch zu sehr in meinen Gedanken. Wenn schon ein Stallbursche mich an meinen Geliebten erinnern konnte, wäre es mit tausend anderen Dingen genauso. Meine Kehle war plötzlich wie zugeschnürt. Ich wollte nicht weinen. Nicht schon wieder. Aber trotzdem liefen mir hier, ganz allein in dem Speisezimmer, bittere Tränen die Wangen herunter.

Als Edward zurückkehrte, betupfte ich immer noch meine Augen. »Was sehe ich da?« fragte er ernst. »Tränen. Wollen Sie mir nicht sagen, warum Sie weinen?«

»Ich weiß es nicht. Es sind meine Gefühle, nehme ich an.«

»Gefühle? Ich verstehe. Sie haben an Ihren Verlobten gedacht. Ist es so schwer, ihn zu vergessen?«

»Ja. Es wäre mir niemals möglich, meinen Liebsten so bald zu vergessen.« Ich sah ihn herausfordernd an. »Haben Sie Ihre Frau vergessen?«

»Nein, das habe ich nicht. Aber in den letzten Monaten ist die Erinnerung an sie etwas verblaßt.« Er kniete neben mir nieder und ergriff meine Hände. »Oh, Charlotte, Charlotte. Wenn Sie nur begreifen könnten, daß das Leben noch nicht vorbei ist, wenn man eine Enttäuschung erlebt hat. Sie sind schön und geistreich, eine junge, tapfere Frau. Ihr ganzes Leben liegt noch vor Ihnen.« Er beugte sich vor, und ich fühlte mich zu ihm hingezogen, hin zu Geborgenheit und Sicherheit. Ich vergaß alles außer meinem Verlangen nach Trost und Zärtlichkeit, nach der Liebe eines Mannes. Ich gab mich seiner Umarmung hin und schloß die Augen. Ich spürte die Wärme seines Körpers, seinen leidenschaftlichen Kuß auf meinen Lippen . . .

Ich stieß ihn heftig zurück. Langsam stand er auf. »Verzeihen Sie mir. Ich bin zu weit gegangen. Wir sollten vielleicht nicht mehr allein zusammen sein.«

»Ja ... Ich glaube, das wäre das beste«, sagte ich und vermied es, ihn anzusehen.

Edward brachte mich am späten Nachmittag nach Awen zurück. Mit keinem Wort wurde mein Besuch in Edwards Haus erwähnt. Lady Igraine war sogar äußerst freundlich und zuvorkommend. Ihre auffallende Herzlichkeit, die, wie ich wußte, gegen ihre Natur war, bestärkte mich nur noch in meinem Mißtrauen. Ich wurde das Gefühl nicht los, daß Lady Igraine mit ihrem Verhalten einen bestimmten Zweck verfolgte, etwas, vor dem ich mich in acht nehmen mußte.

Kleine Begebenheiten, Gesichter, Situationen, Worte kamen mir wie einzelne Teile eines Puzzle-Spieles in Erinnerung. Die verschlossenen Häuser an der leergefegten Straße des Dorfes, die Worte von Miß Derby: ›Ich glaube nicht, daß das Schloß der richtige Ort für Sie ist.‹ Der Schmied, der Lady Igraines Blick auswich, Dr. Gibb's Seufzer: ›Sehr bedauerlich.‹ Und Bridgets Frage: ›Wollen Sie nicht mit mir kommen? Ich habe merkwürdige Dinge gehört ...‹

Dies alles klang wie eine Warnung. Aber, lieber Gott, wovor sollte ich gewarnt werden?

Während des Abendessens nahm meine Verwirrung noch zu, als Aubrey mich plötzlich ansprach. »Mrs. Waverly«, sagte er, »Mama hat mir erzählt, daß der Storch Ihnen bald ein Baby bringen wird.«

Ich errötete. »Sind Sie nicht glücklich darüber?« wollte er wissen.

»Doch, warum?«

»Mama sagt, daß wir uns sehr darauf freuen ...«

Lady Igraine unterbrach ihn in scharfem Ton. »Nun ist es aber genug, Aubrey!« Dann wandte sie sich an ihre Schwiegertochter. »Constance, ich bin überrascht. Wie kannst du dem Kind nur so etwas erzählen?«

Constance senkte den Kopf.

Die beiden Frauen freuten sich also auf mein Baby. Konnte all ihre Besorgnis dem Kind gelten und nicht mir? Der Gedanke erheiterte mich. Ich konnte mir nicht vorstellen, daß Lady Igraine über ein Baby entzückt sein würde, und Constance war eigentlich selbst noch ein Kind. Warum war dann mein Kind so wichtig für sie?

»Sie müssen Aubreys Bemerkungen keine Beachtung schenken«, sagte Lady Igraine. »Wie andere einsame Kinder sehnt er sich nach einem Spielgefährten. Natürlich versteht er noch nicht, daß es lange dauern wird, bis Ihr Kind alt genug ist, um mit ihm spielen zu können. Bis dahin werden wir uns ganz besondere Mühe geben, daß Sie gesund und glücklich sind.«

Wieder gesund und glücklich.

Warum war das für sie — für Lady Igraine — so wichtig?

11

Überall um mich herum war die Antwort verborgen, aber ich konnte sie nicht finden. Sie lag in Miß Tomkin's Tod. und indirekt auch in Bridgets. Sie war in der täglichen Unterhaltung, in den Büchern, die die dunklen, holzgetäfelten Wände der Bibliothek ausfüllten. Sie lag in dem Wäldchen, in dem Ring von Steinen, in dem Gesang und in den Augen von Mrs. Beecham.

Kleine Zwischenfälle, zufällig aufgeschnappte Gesprächsfetzen gaben mir zu denken. So Stuart zu Mrs. Beecham: ›Ich fühle mich hintergangen.‹ Und Mrs. Beecham hatte erwidert: ›Weil es nicht Ihres ist? Das hat keine große Bedeutung, Sir. Ich bin sicher, Sie können nachher tun, was Sie wollen.‹

Nachher. Nach was?

Und eines Nachmittags hörte ich Garwin, den Kutscher, zu Mrs. Beecham sagen: »Die Körbe sind bald fertig, Madam.« Mrs. Beecham hatte hastig die Tür geschlossen, als sie mich vorbeigehen hörte, aber ich vernahm doch, wie sie antwortete: »Auch sie ist bald soweit.«

Was für Körbe? Und wer war sie?

Mit einemmal kam mir zum Bewußtsein, daß ich mich noch nicht um Kleidung für mein Kind gekümmert hatte. Lady Igraine hatte mir zwar einige von Aubreys Sachen angeboten, aber ich wollte gerne ein paar eigene haben. Ich erinnerte mich an den Laden der Derby-Schwestern und bat Lady Igraine, ihn noch einmal aufsuchen zu dürfen. Sie war sofort damit einverstanden und entschloß sich dann im letzten Moment, mich zu begleiten.

Als wir den Laden betraten, sahen wir einen Kunden bei den beiden Schwestern. Er war ein kleiner, beinahe kahlköpfiger Mann, der einen Priesterkragen trug.

Ich spürte, wie Lady Igraine erstarrte, und sie nahm meinen Arm, als der Mann sich umwandte. »So eine Überraschung ... Lady Igraine«, sagte er leutselig. Sein rundes, von einem silbrigen Haarkranz umrahmtes Gesicht hatte eine gesunde, rötliche Farbe.

»Vikar Fowler — wie reizend, Sie zu sehen«, begrüßte Lady Igraine ihn höflich.

Ich hatte geglaubt, daß sich dieser Mann nicht mit Lady Igraine messen konnte, aber ich hatte mich getäuscht.

»Meine liebe Lady Igraine«, sagte er kühl und war keineswegs verängstigt, wie die beiden Damen hinter ihm. »Es ist schon so lange her.«

»Ja, wirklich.« Dann vergeudete sie keine Zeit mehr mit höflichen Floskeln, sondern kam gleich zur Sache. »Wie ich hörte, haben Sie die Statue von den Derbys gekauft, die mir versprochen waren.«

»Eine Statue? Oh, ja natürlich. Das steinerne Götzenbild. Ich muß sagen, es ist sehr gut erhalten.«

»Ich wußte nicht, daß Ihnen so viel an heidnischen Göttern liegt.«

Ein unschuldiges Lächeln umspielte seine Lippen. »Daß ich es gekauft habe, bedeutet nicht, daß ich es verehre, Lady Igraine. Es interessiert mich nur als Antiquitätensammler.«

»Ich sehe, wir sind Konkurrenten auf diesem Gebiet. Aber ich könnte mir vorstellen, daß Ihre Gemeinde es nicht gerne sieht, wenn Sie ihr Geld für solche Dinge ausgeben.«

»Das Geld, das ich dafür bezahlt habe«, entgegnete er sanft, »war mein eigenes.«

»Also gut«, sagte Lady Igraine gepreßt, »wenn Sie keinen Gefallen mehr an der Statue haben sollten, können Sie

sie mir verkaufen. Ich zahle einen guten Preis — etwas mehr, als Sie dafür ausgeben mußten.«

Er legte nachdenklich einen Finger an die Nase. »Ein verführerisches Angebot. Aber da es ein heidnisches Standbild ist, sollte es glaube ich dort bleiben, wo es keinen Schaden anrichten kann.«

Sie starrten einander einige Augenblicke lang an, und ich fragte mich, was er mit ›Schaden anrichten‹ gemeint hatte.

Dann schaute der Vikar hinüber zu mir und sagte: »Sie haben mich noch nicht Ihrer Begleiterin vorgestellt.«

»Meine Sekretärin, Mrs. Waverly«, murmelte Lady Igraine.

Er gab mir die Hand und lächelte mich gütig an. »Sie haben die Stelle von Miß Tomkins übernommen?«

»Ja. Kannten Sie sie?«

»Ich habe nur von ihr gehört. Leider ...«

Er wurde durch das plötzliche Klirren von zersplitterndem Glas unterbrochen. »Oh, das tut mir aber leid.« Lady Igraine, die immer sehr vorsichtig war, hatte eine Vase umgestoßen. »Ich werde sie natürlich bezahlen. Wie ungeschickt von mir.«

In der allgemeinen Verwirrung war Miß Tomkins vergessen. Der Vikar kam auf die Tür zu, in deren Nähe ich immer noch stand.

»Ich muß jetzt gehen, Mrs. Waverly«, sagte er. »Aber ich hoffe, daß ich Sie einmal wiedersehe. Kommen Sie doch zur Messe. Oder ins Pfarrhaus — es liegt neben der Kapelle. Ich würde mich jederzeit über Ihren Besuch freuen. Wenn Sie jemals Trost oder Hilfe brauchen ...«

Lady Igraine ergriff meinen Arm. »Die Stoffe sind dort drüben. Sie können ein andermal mit dem Vikar reden.«

Ganz automatisch traf ich meine Wahl, denn in Gedanken war ich noch bei dem Vikar. Wollte er mich, wie Dr. Gibbs, vor etwas warnen? Oder war er einfach nur freundlich?

Es war beinahe dunkel, als wir das Tor von Schloß Awen erreichten; wir warteten, aber niemand öffnete uns. Ungeduldig befahl Lady Igraine dem Kutscher, den Seitenweg zum Schloß einzuschlagen. Wir fuhren zur Hauptstraße zurück und dann in die Richtung von Edward Trelwyns

Haus. Kurz vor der Auffahrt bogen wir plötzlich in einen schmalen, von Unkraut überwachsenen Weg ein. Die Kutsche rumpelte und holperte auf ihm entlang, und ich hielt mich krampfhaft an einem Halteriemen fest.

»Sie sehen blaß aus«, meinte Lady Igraine. »Geht es Ihnen gut? Fahren wir zu schnell?«

Ohne meine Antwort abzuwarten, klopfte sie mit ihrem Regenschirm gegen das Dach. Die Kutsche hielt an, und Garwin beugte sich herunter.

»Sie müssen langsam fahren ... sehr langsam.«

Da war wieder dieses Beschützen, diese Fürsorglichkeit, die ich nicht als echt empfinden konnte.

Die große Eichentür wurde uns ebensowenig geöffnet wie das Tor. Aber in dem Augenblick, als wir eintraten, erfuhren wir den Grund. Lucas hatte einen Herzanfall gehabt und lag im Sterben. Sein Bruder, der Torwächter, war bei ihm.

»Ich habe einige Kräuter, die ihm vielleicht helfen könnten«, sagte Lady Igraine zu Mrs. Beecham, von der sie die Nachricht erhalten hatte.

»Ich wußte nicht, daß Sie sich mit Kräutern so gut auskennen, Lady Igraine«, bemerkte ich.

»Es ist nur ein Hobby«, antwortete sie und berührte meinen Arm. »Warum gehen Sie nicht auf Ihr Zimmer und legen sich vor dem Abendessen noch ein wenig hin?«

Ich hatte gerade die Treppe erreicht, als ein lautes Wehklagen und Schluchzen zu mir drang. Ich sah, wie Lady Igraine die Halle durchquerte und in einem kleinen Raum verschwand. Einige Minuten später kam Mrs. Beecham aus derselben Tür. Ich ging auf sie zu.

»Er ist tot«, sagte sie ohne meine Frage abzuwarten.

»Oh, wie schrecklich, wie schrecklich.« Mein Schmerz rührte nicht daher, daß ich Lucas besonders gern gehabt hatte. »Drei Tote, seitdem ich hier bin. Ich frage mich, ob ich dem Schloß Unglück gebracht habe.«

Mrs. Beechams durchbohrende Augen starrten mich an. »Seien Sie versichert, Mrs. Waverly, daß alles Unglück, das Sie vielleicht gebracht haben könnten, im Frühjahr wiedergutgemacht wird.« Sie ging an mir vorbei in die Bibliothek.

Meinte sie damit besseres Wetter, das Ende des Winters? Es war eine merkwürdige Art, mich zu beruhigen.

In meinem Zimmer dachte ich über vieles nach. Nicht nur die Igraines und Mrs. Beecham flößten mir Angst ein, sondern sogar die Dienstboten. Ich konnte fortgehen — sofort, wenn ich es wollte. Ich war nicht, wie Bridget, an einen Vertrag gebunden. Aber ich mußte warten, bis das Kind geboren war und wir beide kräftig genug waren, um eine Reise antreten zu können.

Während des Essens wurde an diesem Abend nur sehr wenig gesprochen. Die Igraines schienen mit ihren eigenen Gedanken beschäftigt zu sein. Ich spürte ihre Spannung, eine fast fieberhafte Aufregung. Ich fragte mich, ob dies mit dem Tod von Lucas zusammenhing, verwarf aber diesen Gedanken sofort wieder. Die Igraines würden sich über das Schicksal eines niederen Dienstboten niemals aufregen. Es war etwas anderes, etwas Privates, das sie nicht in meiner Gegenwart besprechen wollten.

Später, als ich vor dem Kamin in meinem Zimmer saß, machte ich mir immer noch Gedanken über die Igraines und wie wenig ich eigentlich von ihnen wußte. Nach einer Weile döste ich ein.

Irgendwo schlug eine Tür zu; ich fuhr erschreckt auf und stieß dabei den Kräutersaft neben mir um, der mir zuvor gebracht worden war. Ich wollte gerade nach einem neuen Saft läuten, denn ich war jetzt hellwach und wollte keine schlaflose Nacht verbringen, als ich plötzlich von unten Gesang vernahm.

Ich legte mir einen Schal um die Schultern und schlich leise aus der Tür in das Treppenhaus. Das Singen wurde lauter, viel lauter, als ich es jemals zuvor gehört hatte. Vorsichtig blickte ich über das Geländer.

In der Mitte der Halle standen mehrere Gestalten in weißen Kapuzengewändern. Sie trugen brennende Fackeln. Ich konnte nicht erkennen, wer sie waren, denn ihre Gewänder verhüllten sie vollständig. Auf einmal erschien eine Gruppe von Männern und Frauen, die ebenfalls Fackeln trugen — die Dienstboten. Sie kamen in ihrer normalen Arbeitskleidung, und ich erkannte einige von ihnen. Sie gruppierten sich um die weißgekleideten Gestalten, und sobald der letzte seinen Platz eingenommen hatte, verstummte der Gesang.

Edward hatte sich geirrt. Das Singen wurde nicht durch Ebbe und Flut verursacht, es war menschlicher Gesang. Aber warum hatte er mir diese Erklärung gegeben? Weil er, beantwortete ich mir selbst meine Frage, das nicht gesehen hatte, was ich jetzt sah.

Während ich hinunterschaute, in Angst und Ehrfurcht, tauchten aus dem kleinen Zimmer, in dem Lucas' gestorben war, vier Männer auf, die eine Totenbahre trugen, auf der der Tote lag. Sein gelbliches Gesicht war eingefallen und sah unter dem weißen Bart noch kleiner und zwergenhafter aus. Einer der Träger war Bortal, der Torwächter. Der Bahre folgte eine Gestalt, die in ein grünes Gewand gehüllt war. Sie hatte die Kapuze zurückgeschlagen, und ich sah das rabenschwarze Haar und das weiße Gesicht, das unverkennbar war. Es war Mrs. Beecham.

Sie wollten Lucas beerdigen. Aber mitten in der Nacht? Und in solch merkwürdigen Gewändern?

Es war ein unheimliches Begräbnis, ein heidnisches, denn ich sah weder einen Priester noch den Vikar. Ich schloß einen Moment lang die Augen, um mich zu vergewissern, daß ich nicht träumte. Als ich sie wieder öffnete, war das Bild dort unten immer noch da, es war Wirklichkeit: Lucas, der wie eine Wachsfigur aussah, die Menge in der Halle, der Rauch der Fackeln, der zu mir aufstieg.

»Wir sind bereit«, sagte Mrs. Beecham.

Sie formten eine Prozession und stimmten den Gesang wieder an. Lady Igraine mußte dies ganz sicher hören und auch von diesem Zeremoniell wissen, das in ihrem Hause stattfand. Dann erinnerte ich mich an Mrs. Beechams Worte: »Lady Igraine trinkt den Kräutersaft selbst auch.« War der Saft ein Betäubungsmittel? Sollte er als Schlafmittel dienen, so daß Mrs. Beecham und die Dienstboten ungestört ihre merkwürdigen Rituale abhalten konnten? Vielleicht erhielten auch Constance und Stuart diesen Trunk, genauso wie einige wenige Dienstboten, wie Bridget, denen man nicht vertraute?

Mrs. Beecham führte die Gruppe durch die Tür. Sie schien die Anführerin zu sein. Als der letzte Teilnehmer der Prozession draußen verschwunden war, verharrte ich noch einen Augenblick und lief dann, einer plötzlichen Eingebung folgend, in mein Zimmer. Ich warf einen dunklen Umhang um meine Schultern und band ein Tuch über mein Haar.

Vor der Haustür angekommen, sah ich die Fackeln in der Ferne blinken, und der Gesang drang nur noch schwach zu mir herüber. Ich stieg die Treppe hinunter und überquerte den Hof. Ich brauchte mich nicht zu beeilen, um sie einzuholen, denn ich wußte, wohin sie gingen. Zu dem Ring von Steinen.

Als ich schließlich das Feld erreichte, standen sie alle innerhalb des Ringes. Sie hielten sich an den Händen und formten einen Kreis. Ich versteckte mich hinter einem großen Stein und beobachtete sie. In der Mitte war ein Scheiterhaufen errichtet worden, und sie hatten Lucas' Leichnam daraufgelegt. Mrs. Beecham stand zu seinen Füßen. Ich sah, wie sie in ihr Gewand griff und den kleinen Hund von Lucas hervorholte. Sie setzte ihn auf die Bahre und band ihn an seinem toten Herrn fest. Das Tier mußte spüren, was sie mit ihm vorhatten, denn es begann jämmerlich zu winseln. Ich hatte einmal etwas über alte Begräbnisrituale gelesen, in denen den Toten für ihre Reise ins Jenseits ihr liebster Besitz mitgegeben wurde, sogar Lebewesen. Der kleine Hund sollte zusammen mit seinem Herrn verbrannt werden. Wie grausam, dachte ich, wie barbarisch.

Mrs. Beecham trat von der Bahre zurück und stellte sich in den Kreis zu den anderen. Eine große Gestalt in einem weißen Gewand trat vor. Sie stand einige Augenblicke lang in der Mitte. Dann warf sie mit einer dramatischen Geste ihre Kapuze zurück, und das Licht aller Fackeln erhellte ihr Gesicht.

Es war Lady Igraine.

»Ich, eure Priesterin...«, begann sie, »... bin gekommen, um hier das Begräbnis dieses unglücklichen Mannes zu zelebrieren...«

Lady Igraine hatte also kein Betäubungsmittel erhalten, sie schlief nicht in ihrem Bett im Schloß, und das Begräbnisritual war ihr nicht unbekannt. Sie nahm daran teil. Ihre Priesterin. Aber was für eine Priesterin?

Gleich darauf wurde meine Frage beantwortet.

»Wir, die wir dem druidischen Glauben angehören...«

Ich blickte auf die anderen im Kreis. Alle die weißgekleideten Gestalten hatten ebenfalls ihre Kapuzen abgenommen. Ich erkannte Constance und Stuart. Seine Augen funkelten gierig im Licht der Fackeln. Alle waren sie da, außer dem kleinen Aubrey waren sie alle hier versammelt.

Die Igraines waren Druiden.

12

Druiden. Was bedeutete dieses Wort für mich?

In früheren Zeiten, hatte ich einmal in einem Artikel gelesen, kamen die Druiden aus adligen Familien. Es wunderte mich nun nicht mehr, daß Lady Igraine wütend geworden war, als ich den Satanskult erwähnt hatte. Sie betrachtete sich selbst als weit über denen stehend, die einfache Teufelsanbeter waren. Sie war eine Druidin. Keine Kreuze, keine Bibeln, keine heilige Messe, kein christliches Weihnachtsfest. ›Wir sind Agnostiker‹, hatte Lady Igraine gesagt. Sie hatte mit dem Vikar wegen der Statue gestritten, von der er gemeint hatte, daß sie in seinen Händen ›keinen Schaden anrichten‹ könne. Wußte oder vermutete der Vikar vielleicht etwas?

Und was war mit Edward? Wußte er davon? Gehörte er zu ihnen? Meine Augen wanderten langsam und ängstlich über den Kreis, und ich hoffte, ihn nicht unter ihnen zu finden. Dann erinnerte ich mich, daß er sich auf einer Reise nach Wales befand. Nein, ich glaubte eigentlich nicht, daß Edward etwas davon wußte.

Aber dieses Geheimnis war sorgfältig von mir ferngehalten worden. Mrs. Beecham hatte abgestritten, daß es den Gesang gab und ihn als einen bösen Traum abgetan. Während des Abendessens waren die Igraines nervös und aufgeregt gewesen, aber sie hatten nicht gewagt, in meiner

Gegenwart von ihren nächtlichen Ritualen zu sprechen; ich sollte davon nichts erfahren. Und als ich nun hier in der Kälte stand, hatte ich das merkwürdige, untrügliche Gefühl, daß meine Anwesenheit auf Schloß Awen etwas mit Lady Igraines heidnischem Glauben zu tun hatte.

Sie redete nun in einer Sprache, die ich nicht verstand. Als sie anschließend wieder zu singen begannen, schlich ich mich leise und vorsichtig zurück zum Schloß.

Ich weiß nicht mehr, wie ich es geschafft hatte, aber schließlich stand ich völlig erschöpft in der großen Halle und schloß die Eichentür hinter mir. Ich überlegte fieberhaft. Während meiner Arbeit war ich mehrere Male auf das Wort ›Druiden‹ gestoßen, und ich wünschte, ich hätte all diesen Büchern mehr Aufmerksamkeit geschenkt. Ich erinnerte mich an ein bestimmtes Buch, in dessen Titel das Wort ›Druiden‹ vorkam. Der Autor hieß Molbey oder Mobbey.

Ich mußte dieses Buch finden. Ich mußte unbedingt mehr über die Druiden erfahren und alles über sie wissen. Eilig lief ich in die Bibliothek. Der Raum war kalt und finster wie eine Höhle. Nachdem ich eine Lampe aus der Halle geholt hatte, ging ich in die Bibliothek zurück. Der vertraute Raum schien merkwürdig verändert, ein Ort voll drohender Schatten, voll unheimlicher, schemenhafter Umrisse. Ich wußte, daß es nur Sofas, Stühle und Lampen waren, aber ich konnte sie in diesem Moment nicht als solche wahrnehmen. Zögernd stand ich da und überlegte, ob ich nicht meine Nachforschungen morgen bei Tageslicht anstellen sollte. Aber eine innere Stimme sagte mir: Es muß heute nacht sein. Jetzt.

Ich durchsuchte ein Regal nach dem anderen, aber das Buch war nicht zu finden. Jemand hatte es weggenommen.

Das Fehlen des Buches verstärkte nur seine Bedeutung für mich. Der Wunsch, es zu finden, war so stark, daß ich beschloß, es in Lady Igraines Zimmer zu suchen. Ich hatte noch Zeit. Die Zeremonie hatte kaum begonnen, als ich zurückgelaufen war. Wenn ich mich beeilte ...

Ich wußte, daß Lady Igraines Zimmer neben dem Museum lag. Diese Tür war unverschlossen, und ich trat ein. Es war ein überraschend einfaches Zimmer, kleiner und schmuckloser als mein eigenes. Ich ging auf den Frisiertisch zu, setzte meine Lampe ab und begann in fieberhafter Eile die Schubladen zu durchsuchen.

Ich fand kein einziges Buch. Das erstaunte mich, denn Lady Igraine war eine eifrige Leserin, und ich konnte mir nicht vorstellen, daß sie sich nur in der Bibliothek mit ihren Büchern beschäftigte. Ich nahm die Lampe wieder auf, und dabei fiel ihr Schein auf eine Tür, die ich vorher nicht bemerkt hatte. Ich öffnete sie und befand mich in dem Museum. Mir fiel sofort ein widerlicher Geruch auf, wie von Verwesung. Auf der gegenüberliegenden Seite entdeckte ich eine Nische mit einem Schreibtisch, über dem ein Bücherregal hing.

Einen Augenblick lang triumphierte ich, als ich das Buch sah. ›Die Schwarzen Riten der Alten Druiden‹ von Andrew Molby. Ich griff danach, aber in diesem Moment sah ich den Brief. Er lag auf dem Schreibtisch, war jedoch nicht beendet. Ich erkannte Lady Igraines Handschrift. Ohne zu zögern begann ich ihn zu lesen.

Lieber Augustus, fing er an. *Ich bin so froh, daß Du kommen kannst. Die Tag- und Nachtgleiche im Frühling ist, wie Du weißt, eine Zeit der Wiedergeburt, eine Zeit, die Götter gnädig zu stimmen. In diesem Jahr werden wir das Fest gebührend feiern, mit einem Opfer und den brennenden Körben. Wir haben großes Glück, einen Ersatz gefunden zu haben in der Person von ...*

Das war alles.

Verwirrt starrte ich auf das Blatt Papier. Was meinte Lady Igraine mit ›die Götter gnädig stimmen‹? Brennende Körbe? Opfer?

Seltsame Worte, und doch waren sie mir irgendwie vertraut. Ich hätte schwören können, daß ich sie selbst einmal geschrieben hatte. War da nicht irgendwo ein Abschnitt gewesen, in dem stand, daß die Römer die druidische Religion verboten hatten, weil dabei Menschenopfer gebracht wurden?

Aber das war vor langer Zeit, als die Menschen noch Tiere und Berge und Bäume anbeteten. Doch nicht heute, in unserem Jahrhundert. Und ich konnte mir nicht vorstellen, daß jemand wie Lady Igraine, die aus einer vornehmen Familie stammte und sehr gebildet war, so etwas tun könnte.

Ich stand an den Schreibtisch gelehnt, und immer mehr Worte kamen mir wieder ins Gedächtnis. ›Sie hatten keine Tempel ... nur einen geheiligten Hain.‹ Natürlich, das war das Eichenwäldchen neben der Auffahrt, in seiner ursprünglichen Natur belassen, weil es heilig war, ein Ort der Anbetung. Die dunklen Bäume hatten mir Übelkeit verursacht, und Bridget war dort getötet worden, getötet von einem Bullen. ›Für die Druiden war der Bulle ein heiliges Tier.‹

Vielleicht würde ich in dem Buch eine Erklärung finden. Wenn ich mich auch vorher schon gefürchtet hatte, so packte mich vollends das Entsetzen, als ich dann las:

Die Kelten hatten drei zornige Götter, Teutates, Esus und Taranis. Die Menschen, die Teutates geopfert wurden, wurden ertränkt oder erstickt; die Opfer, die Esus forderte, wurden erstochen und an einem Baum aufgehängt, während Taranis es liebte, wenn sie verbrannt wurden ... sie stimmten die Götter milde, indem sie die Riten streng nach der Vorschrift ausführten.

Sie stimmten die Götter gnädig mit einem Opfer. Aber es konnte doch nicht sein, daß sie immer noch Menschen opferten.

Mein Blick fiel wieder auf den Brief ... *wir haben großes Glück, einen Ersatz gefunden zu haben* ...

Was war damit gemeint? Voller Angst dachte ich über die Antwort nach. Ich war gewissermaßen ein Ersatz. Ich hatte Miß Tomkins' Stelle eingenommen.

Nein, es war zu grauenhaft. Ich wollte, durfte nicht darüber nachdenken.

Miß Tomkins hatte sich umgebracht. Ihr Motiv war nicht Schande und Scham, weil der Mann sie nicht heiratete. Sie hatte herausgefunden, was sie mit ihr vorhatten. Sie wußte es.

Sie hatten mich verhätschelt und verwöhnt, sie hatten mich gefüttert wie eine Kuh, die geschlachtet werden soll.

»Alles Unglück, das Sie gebracht haben mögen, wird im Frühjahr wiedergutgemacht.« Die Tag- und Nachtgleiche im Frühling.

Ich durfte nicht daran denken.

Warum war Lady Igraine ständig so um meine Gesundheit besorgt und um die Geburt des Kindes? Sie brauchte nämlich einen gesunden Menschen, nicht eine lethargische, hochschwangere Frau. Und meine Niederkunft würde gerade noch rechtzeitig zur Sonnenwende sein. Mitte März.

Es konnte nicht wahr sein. Es war unmöglich. Es . . .

Plötzlich glaubte ich, hinter mir ein Geräusch gehört zu haben. Ich ließ das Buch fallen und fuhr voller Entsetzen herum. Aber nichts rührte sich. Ich stellte das Buch an seinen Platz zurück und bewegte mich langsam und vorsichtig auf die Tür zu, die Lampe schwankte in meiner zitternden Hand.

Ich ging durch Lady Igraines Zimmer hinaus auf den Korridor. Als ich gerade den Treppenabsatz erreicht hatte, blieb ich vor Schreck wie angewurzelt stehen. Ich hörte Stimmen. Ich hatte mich zu lange in dem Zimmer aufgehalten, und nun kehrten sie zurück. Niemals würde es mir gelingen, mit meinem unförmigen Körper rechtzeitig in mein Zimmer zu gelangen. Ich konnte gerade noch meine Lampe auslöschen, bevor sich die Haustür öffnete.

Garwin trat als erster ein und hielt die Tür für Lady Igraine auf. Constance und Stuart folgten ihr, dann kam Mrs. Beecham. Ich blickte mich in dem langen, dunklen Gang um. Vielleicht konnte ich mich in einem der vielen Räume verstecken, und dann, wenn sie alle zu Bett gegangen waren, zurück in mein Zimmer schleichen. Aber angenommen, durchzuckte mich der entsetzliche Gedanke, angenommen, Lady Igraine oder Mrs. Beecham wollten noch einmal nach mir sehen, bevor sie sich zurückzogen? Was dann? Wenn sie mein leeres Bett vorfanden . . .

Ich hörte Lady Igraine zu Garwin sagen: »Bestellen Sie der Köchin, sie soll uns Tee und einen kleinen Imbiß bringen. Wir sind in der Bibliothek.« Dann wandte sie sich an Mrs. Beecham: »Möchten Sie uns Gesellschaft leisten?«

Ich wartete noch eine Minute, nachdem sich die Tür der Bibliothek hinter ihnen geschlossen hatte. Dann stieg ich lautlos die Treppe hinunter und hielt mich dabei am Geländer fest. Die Halle war mir noch nie so riesig vorgekommen, die Entfernung von einer Treppe zur anderen noch nie so weit.

Als ich endlich meine Tür hinter mir schloß, glaubte ich, vor Erleichterung ohnmächtig zu werden. Ich fühlte mich ausgelaugt und schwach. Im Dunkeln zog ich mich rasch aus und versteckte meinen Umhang und die feuchten Schuhe im Schrank. Kaum lag ich im Bett, als ich Schritte vernahm. Ich zog die Decke bis zum Kinn hinauf und stellte mich schlafend.

Ich merkte, wie die Tür geöffnet wurde und jemand sich über mich beugte. Ich glaubte, mein Herz würde stillstehen, aber ich öffnete meine Augen nicht. Ich mußte mich zwingen, ganz ruhig ein- und auszuatmen. Nach einiger Zeit wurde mir bewußt, daß, wer immer auch bei mir gewesen war, wieder gegangen war.

Ich wußte nicht, ob es Lady Igraine oder Mrs. Beecham gewesen war. Aber das war gleichgültig. Die eine war für mich genauso gefährlich wie die andere.

13

Am Morgen, als die hellen Sonnenstrahlen durch die Vorhänge schienen, versuchte ich mir einzureden, daß ich mich selber verrückt gemacht hatte. Mein Zustand war schuld daran, daß ich mir all diese schrecklichen Dinge einbildete. Die Igraines waren Druiden. Sie liebten den Gesang, feierten Feste zur Zeit der Sonnenwende und verbrannten ihre Toten. Das konnte doch nichts Böses sein.

Aber warum hatte Dr. Gibbs mich bemitleidet? Und ich erinnerte mich nun, daß er gestorben war, nachdem Lady Igraine ihm ein Glas Wasser gereicht hatte. Sie kannte sich mit Kräutern gut aus; sie nannte es ihr Hobby. Und jemand, der viel mit Kräutern umging, kannte auch giftige Kräuter.

Das war natürlich nur eine Vermutung. Ein Zufall. Der Arzt war schließlich schon sehr alt.

Aber auch andere hatten mit mir Mitleid gezeigt, hatten versucht, mich zu warnen; die Derby-Schwestern, Bridget und der Vikar. Hatten sie etwas gewußt — oder vermutet?

Ich wußte nicht mehr, was ich glauben sollte. Es war alles so verwirrend.

Eines stand jedoch fest. Ich wollte es nicht riskieren, so lange hierzubleiben, bis ich die Antwort herausgefunden hatte. Ich mußte Schloß Awen verlassen, ob nun meine Vermutungen richtig oder falsch waren, auch wenn meine Abreise mit Schwierigkeiten verbunden sein würde. Lady Igraine würde den Grund wissen wollen. Sie war dazu berechtigt. Was sollte ich ihr sagen? Ich hatte keine Familie, an die ich mich wenden konnte, und auch sonst niemanden in London. Ich konnte mich hier über nichts beklagen. Lady Igraine war so klug gewesen, darauf zu achten, daß alles für mein Wohlbefinden getan wurde.

Es gab nur eine Möglichkeit. Ich würde ihr sagen, daß ich mich bei der Geburt meines Kindes lieber einem Arzt anvertrauen wollte als Mrs. Beecham. Diese Bitte würde sie nicht überraschen. Wenn sie mich fragte, wohin ich gehen wollte, würde ich eine Kusine erfinden. Zumindest konnte ich es versuchen.

In Gedanken hatte ich mir alles genau zurechtgelegt, aber als Lady Igraine hoch erhobenen Hauptes die Bibliothek betrat, verließ mich mein Mut. Sie nahm, wie jeden Morgen, mir gegenüber Platz, ihre wasserblauen Augen auf mich geheftet, die mehr als nur höfliches Interesse zeigten. »Sie haben gut geschlafen, Mrs. Waverly?«

Ich spürte, wie mir das Blut in die Wangen schoß. »Sehr gut«, murmelte ich. Sie weiß es, dachte ich, sie weiß, daß ich sie beobachtet habe. Ich wartete auf ihren Angriff, ihre Beschuldigung.

Aber sie reichte mir nur einen Gedichtband, aus dem ich ein paar Verse abschreiben sollte. Ich konnte mich überhaupt nicht auf meine Arbeit konzentrieren. ›Brennende Körbe‹ hatte ich in dem Brief gelesen. Der Gott Taranis bevorzugte ein Menschenopfer, das lebendig verbrannt wurde. Meine Hände zitterten, und ein häßlicher Tintenklecks tropfte auf das Blatt Papier. Ich bedeckte ihn hastig mit einem Löscher.

»Ihre Hand zittert ja«, sagte Lady Igraine. »Fühlen Sie sich heute morgen nicht wohl, meine Liebe?«

»Ich ...« Ich legte die Feder zur Seite. »Ja, ich ... es geht mir nicht besonders gut.«

»Warum haben Sie es nicht gesagt?«

»Ich ... ich wollte ...«

Über den Tisch hinweg berührte sie meine Hand und lächelte. »Bitte, meine Liebe, seien Sie ganz offen zu mir. Ich bin Ihre Freundin.«

Einen Moment lang glaubte ich ihr fast. Beinahe.

»Sie können Ihre Arbeit ruhig liegenlassen. Warum gehen Sie nicht auf Ihr Zimmer und ruhen sich aus?«

Das sagte sie immer, wenn ich mich nicht wohl fühlte. Ihre kalte Hand drückte die meine. Sie ist so kalt, dachte ich, wie das Eiswasser, das in ihren Adern fließt.

Ich mußte mit ihr sprechen, jetzt. »Lady Igraine ...« Ich befeuchtete meine Lippen. »Ich habe mir überlegt ...«

»Ja?«

»Ich wollte es eigentlich nicht sagen ... Ich habe versucht, meine Furcht zu überwinden, aber ...«

»Ihre Furcht?« Sie zog rasch ihre Hand zurück. Ein seltsam mißtrauischer Ausdruck trat in ihre Augen. »Was ängstigt Sie?«

»Ich habe an die Geburt des Kindes gedacht. Nun... wie Sie wissen, möchte ich lieber einen Arzt dabeihaben.«

»Aber meine liebe Mrs. Waverly, das haben wir doch bereits besprochen.«

»Ja ... ja, Lady Igraine. Aber meine Nervosität wird von Tag zu Tag größer. Das ist wahrscheinlich meiner Unerfahrenheit zuzuschreiben, es ist mein erstes Kind, und ich bin Witwe. Es schmerzt mich, Ihnen Ihre Großzügigkeit so zu danken, aber ich muß nach London zurückkehren.«

Sie starrte mich nur fassungslos an. »Aber Sie haben doch selbst gesagt, daß Sie in London niemanden haben, zu dem Sie gehen können.«

»Eine Kusine meines verstorbenen Mannes ...«

»Kusine?« meinte sie bissig. »Sie haben Mrs. Beecham zu verstehen gegeben, daß die Verwandten Ihres verstorbenen Mannes nach Australien ausgewandert sind. Wie kommt es, daß ich von dieser Kusine noch nie etwas gehört habe?« Ein hämisches Lächeln umspielte ihre Lippen.

»Ich ... wir haben uns auf der Hochzeit gestritten. Ein dummer Streit. Aber ich bin sicher, wenn ich mich bei ihr entschuldige ...«

»Ich glaube Ihnen nicht. Sie haben keine Kusine. Sie wollen ganz einfach nicht länger bei uns bleiben. Es ist Ihnen zu eintönig hier in Awen. Aber ich kann es nicht zulassen, daß Sie von uns fortgehen.«

Ich hätte am liebsten geweint. Es war nicht so sehr wegen der Lüge, bei der sie mich ertappt hatte, sondern weil ich ihr hilflos ausgeliefert war.

»Ich wollte nicht so hart zu Ihnen sein«, meinte Lady Igraine in sanfterem Ton, »aber Sie sehen doch selbst ein, wie töricht Ihr Verhalten ist, nicht wahr? Ich wäre in der Tat mehr als grausam, wenn ich Sie in Ihrem jetzigen Zustand gehen ließe, wo Sie doch niemanden haben, an den Sie sich wenden können.«

»Mrs. Jarvis ...«, unternahm ich einen letzten, schwachen Versuch.

»Mrs. Jarvis, meine Liebe, unterhält eine Pension, kein Armenhaus. Sie muß ihren Lebensunterhalt verdienen.«

Und verdient sie einen Teil damit, hätte ich gerne gefragt, indem sie alleinstehende junge Frauen für Ihre Riten vermittelt? Aber ich zwang mich, zu antworten: »Das ist wahr.«

»Nun, warum befolgen Sie dann nicht meinen Rat und ruhen sich aus?«

»Ja, das werde ich tun, Lady Igraine.« Sei gehorsam, ermahnte ich mich selbst. Später — später werde ich Zeit haben, nachzudenken und Pläne zu schmieden. »Sie haben ganz recht.«

»Jetzt sind Sie wieder vernünftig. Ich werde Ihnen einen Saft zubereiten, der Ihre Nerven beruhigen wird, und wenn Sie dann wieder aufwachen, sieht die Welt ganz anders aus.«

»Ja, Lady Igraine. Aber ... ich brauche den Saft nicht.« Ich würde es nicht mehr zulassen, daß sie mich betäubte. Vor allem mußte ich einen klaren Kopf behalten.

Ich hatte nicht vor, zu Bett zu gehen, aber ich war von der Auseinandersetzung mit Lady Igraine und meinen nächtlichen Erlebnissen so erschöpft, daß ich beschloß, mich nur ein paar Minuten auszuruhen.

Als ich aufwachte, war es zwei Uhr nachmittags. Die Erinnerung riß mich aus meiner Benommenheit. Ich stand auf, und das Kind bewegte sich heftig in mir. Wenn mir etwas zustieß, was wurde dann aus Adams Kind?

Ich mußte versuchen, unbemerkt zu entkommen, denn ich konnte niemandem im Schloß trauen, selbst den Dienstboten nicht. Auch Bridget hatte ihnen nicht vertraut, sonst hätte sie nicht mich um Hilfe gebeten.

Und Edward Trelwyn war gerade jetzt in Wales, wo ich ihn so dringend brauchte.

Ich dachte flüchtig an den Vikar, seine freundliche Einladung. Aber ich hatte keine Möglichkeit, zu ihm zu gelangen. Mir blieb keine andere Wahl, ich mußte mir selbst helfen. Warum war ich nicht früher auf die Gefahr aufmerksam geworden, bevor meine Schwangerschaft so weit fortgeschritten war? Ich war von Feinden umgeben, und Lady Igraine war eine der gefährlichsten. Ich hatte schreckliche Angst vor ihr. Was sollte ich nur tun?

Aber ich war nicht umsonst die Tochter meines Vaters. Er hatte mir mehr mitgegeben als seine bösen Worte und ein Bündel Geld — durch ihn hatte ich auch einen starken, eisernen Willen bekommen. Er konnte jetzt meine Rettung sein.

Ich sah wieder auf die Uhr. Es war schon ein wenig spät für meinen Spaziergang, aber ich war sicher, daß niemand Verdacht schöpfte, wenn ich jetzt noch fortgehen würde. Ich wollte versuchen, Edwards Haus zu erreichen, nicht durch das Tor, sondern indem ich den kleinen Weg einschlug, den wir am Abend von Lucas' Tod gefahren waren.

Mrs. Daisy, diese gute, mütterliche Seele, würde mich sicherlich aufnehmen. Sie würde mich beschützen, bis Edward zurückkehrte. Bei ihr war ich in Sicherheit.

Ich holte meine Geldbörse aus dem Frisiertisch und steckte ein paar Haarnadeln, meine Bürste aus Elfenbein und Unterwäsche in meinen Muff. Gerade als ich meinen Hut aufsetzte, klopfte es an der Tür.

»Sind Sie aufgestanden, meine Liebe?« Es war Lady Igraine.

Einen schrecklichen Moment lang versagte mir die Stimme. Ich hatte nicht erwartet, daß Lady Igraine an meine Tür kam. Zu dieser Zeit hielt sie sich sonst immer in ihrem Museum auf. Sie weiß es, dachte ich, sie hat geheime Kräfte und hat meine Gedanken, mein Vorhaben erraten.

»Mrs. Waverly?«

»Ja, ja, Lady Igraine. Ich ... einen Augenblick.«

Ich muß mich jetzt zusammennehmen. Ich tat nichts Außergewöhnliches, ich wollte nur spazierengehen. »Es tut mir leid ... ich habe gerade meinen Hut aufgesetzt«, sagte ich, als ich ihr die Tür öffnete.

Ich bemerkte eine Spur von Überraschung auf Lady Igraines Gesicht, als sie eintrat. »Sie wollen doch nicht etwa ausgehen?«

»Ich fühle mich jetzt sehr viel besser«, erwiderte ich und hoffte, daß meine Freundlichkeit nicht übertrieben wirkte. »Ich möchte auf meinen Spaziergang nicht verzichten. Er tut mir immer sehr gut.«

»Ich fürchte, Sie überschätzen Ihre Kräfte«, meinte Lady Igraine mit einem unheilvoll süßen Lächeln.

»Ich habe sehr gut geschlafen.« Meine Hände, die den Muff umklammerten, waren feucht geworden. »Ich dachte, ein wenig frische Luft ... die Sonne ...«

Sie ließ sich auf einen Stuhl nieder und betrachtete mich immer noch mit diesem grausamen Lächeln. »Ich könnte Ihre Mutter sein. Und da Sie keine haben, werden Sie mir verzeihen, wenn ich mich an ihrer Stelle um Sie kümmere. Meine Liebe, ich weiß, was das Beste für Sie ist. Nicht um alles in der Welt würde ich es zulassen, daß Sie Ihre Gesundheit gefährden.«

»Ja, Lady Igraine.« Ich war verzweifelt, aber gleichzeitig fühlte ich Empörung in mir aufsteigen. Einen Moment lang war ich versucht, mit dem Fuß aufzustampfen und laut zu schreien.

»Sie sehen ziemlich erhitzt aus«, bemerkte Lady Igraine.

Ich wandte mich von ihr ab und zog langsam meinen Umhang aus. »Mir ist nur ein wenig warm geworden. Außerdem hatte ich sowieso vor, meine Haare zu waschen, sobald ich meinen Spaziergang beendet hatte.« Ich war selbst erstaunt, wie leicht mir dieser plötzliche Einfall von den Lippen kam. »Ich werde es jetzt tun, wenn es Ihnen recht ist.«

»Selbstverständlich.« Aber bevor sie mich verließ, ermahnte sie mich noch: »Geben Sie acht, daß Sie sich nicht erkälten.«

Nachdem sie gegangen war, sank ich auf mein Bett. Ob sie mich nun bewachen ließ? Ich mußte auf jeden Fall noch eine Weile warten. Ich zog Umhang und Hut wieder an und setzte mich ans Fenster.

Es war fast eine Stunde vergangen, und ich konnte nicht länger warten. Ich nahm meinen Muff und sah mich vorsichtig draußen auf dem Gang um. Ich schlich zur Treppe und blickte hinunter. Es war niemand in der Halle. Mit einer Hand hielt ich mich am Treppengeländer fest und stieg langsam, Stufe für Stufe, hinab. Die Treppe war mir noch nie so unendlich lang vorgekommen. Mein Herz klopfte wild, und auf meiner Stirn hatten sich kleine Schweißperlen gebildet. Endlich hatte ich die letzte Stufe erreicht. Ich drückte den Muff fest an meine Brust und begann auf Zehenspitzen die Halle zu durchqueren.

»Mrs. Waverly!«

Die Stimme durchfuhr mich wie ein Dolchstoß.

»Ich dachte, Sie wollten Ihr Haar waschen.«

Langsam drehte ich mich um. Sie stand in der Tür zur Bibliothek. Wie hatte sie mich hören können? Diese Frau war mir unheimlich.

»Sie wollen doch nicht gegen meinen ausdrücklichen Wunsch fortgehen?«

Vor Schreck und Bestürzung konnte ich sie nur stumm anstarren.

»Meine liebe Mrs. Waverly, Sie sind eine eigensinnige Person.« Sie kam auf mich zu, und ich war immer noch nicht fähig, mich zu bewegen oder zu sprechen.

Sie würde es niemals zulassen, daß ich das Schloß verließ. Es war noch nie jemandem gelungen. Bridget hatte es versucht und dafür mit ihrem Leben bezahlt. ›Im Laufe der Zeit ... sind einige der Mädchen verschwunden‹, hatte

Bridget gesagt. Ich wußte jetzt, warum, und daß mich dasselbe Schicksal ereilen sollte.

»Kommen Sie jetzt. Ich werde...« Ihre Hand schloß sich um meinen Arm.

Ihre Berührung brachte wieder Leben in mich. In rasender Verzweiflung riß ich mich von ihr los, rannte durch die Halle und stieß eine Tür auf. Ich stolperte in einen düsteren, steinernen Gang und schlug die Tür hinter mir zu. Ich wußte nicht, wo ich mich befand oder wohin dieser Gang führte, aber blindlings lief ich ihn entlang, schluchzend und halb wahnsinnig vor Angst. Versteck dich! dröhnte es in meinen Ohren, versteck dich!

Ich rang nach Luft und verlangsamte meine Schritte. Plötzlich spürte ich einen stechenden Schmerz im Leib und mußte mich gegen die Wand lehnen. Nach einer Weile hob ich den Kopf. Da hörte ich leise Schritte langsam auf mich zukommen. In der Ferne war der Schein einer Kerze zu erkennen. Lady Igraine!

Ich tastete mich weiter, an der feuchten Wand entlang, Tränen der Verzweiflung rannen über meine Wangen. Auf einmal fühlte ich eine hölzerne Tür, die ich rasch öffnete und sofort wieder hinter mir schloß. Völlige Finsternis umgab mich. Der Raum war modrig und kalt, kalt wie ein Grab. Ich lauschte angestrengt. War Lady Igraine vorbeigegangen?

Plötzlich wurde die Tür aufgerissen. Lady Igraine stand auf der Schwelle, ihr weißes Gesicht war im Schein der Kerze verzerrt wie eine unheimliche Maske. »Ihr Benehmen ist äußerst töricht«, sagte sie kalt.

»Das haben Sie mir schon öfter zu verstehen gegeben«, erwiderte ich mit erstaunlich ruhiger Stimme. »Aber nicht töricht genug. Ich weiß, ich werde hier gegen meinen Willen festgehalten.«

»Gegen Ihren Willen? Sie müssen nicht ganz bei Sinnen sein.«

»Meinen Sie? Ich möchte Schloß Awen verlassen und Sie hindern mich daran.«

»Diese Angelegenheit haben wir bereits besprochen.«

»Warum liegt Ihnen so viel daran, daß ich hierbleibe? Was wollen Sie von mir?«

»Ich will nichts von Ihnen«, antwortete sie.

Sie betonte das letzte Wort mit kalter, höhnischer Stimme. Wir starrten einander einige Augenblicke lang an. »Was ist es dann?«

»Es ist besser, wenn Sie keine Fragen stellen. Kommen Sie.« Sie hielt die Kerze hoch.

Das Licht fiel auf ein Regal, das bis dahin im Schatten gelegen hatte, und unbeschreibliches Entsetzen packte mich. Dort standen in einer Reihe fünf grinsende Schädel. Um mich drehte sich alles, und ein bestimmter Satz kam mir plötzlich wieder in Erinnerung. Sie waren Kopfjäger und verehrten Totenschädel. Grauenhaft, widerlich. Was für ein wunderschönes Haar, die Farbe des Laubes... »Was wollen Sie von mir?« wiederholte ich in kaum hörbarem Flüstern.

»Ah, die Köpfe«, sagte sie und ließ das Licht langsam über die makabren weißen Schädel gleiten. »Sie sind sehr alt. Man hat mir erzählt, daß sie in früheren Zeiten Feinde der Igraines waren. Sie wurden enthauptet und ihre Köpfe als Warnung auf den Mauern des Schlosses zur Schau gestellt.«

»Soll auch ich als Warnung dienen?«

»Nein. Ich habe Ihnen bereits gesagt, daß ich von Ihnen nichts will.«

»Ich glaube Ihnen nicht!« schrie ich sie an, vor Wut und Angst zitternd. Ich streckte meine Hand nach etwas aus, an dem ich mich festhalten konnte, und berührte dabei einen rauhen Gegenstand.

Es war ein kleiner geflochtener Korb, der die Form einer Wiege hatte. Nein. Keine Wiege, niemals. Ich war nahe daran, wahnsinnig zu werden. Brennende Körbe! Ein Ersatz. Und Miß Tomkins' Kind hätte Mitte März zur Welt kommen sollen. Die Sonnenwende im Frühling — ein angemessenes Opfer.

Lady Igraine hatte recht; sie wollte nichts von mir. Sie hatte mich umsorgt, beschützt und beobachtet. Ich brauchte jetzt nicht mehr zu fragen, warum. Ich hatte die Antwort gefunden. Ich wußte es jetzt, lieber Gott, ich wußte es!

»Mein Baby!«

Sie streckte ihren Arm aus und fing mich auf, als ich zu Boden stürzte.

14

Ich lag auf einer Bahre, umgeben von brennenden Fackeln. Über mir und um mich herum war ein Ring von gelblichen Totenköpfen, deren schwarze Augenhöhlen mich anstarrten. »Ich fürchte, das Kind wird zu früh kommen«, sagte einer.

»Sie ist stark«, erwiderte ein anderer. »Sie wird es halten.«

Etwas Kaltes und Nasses wurde auf mich geworfen. Es war der kleine Hund von Lucas, der mit seinem Herrn gestorben war. Er leckte mir die Stirn. Mit übermenschlicher Anstrengung stieß ich ihn von mir fort und erwachte. Ich lag in meinem Bett und blickte direkt in Mrs. Beechams rabenschwarze Augen.

»Sie sind wieder zu sich gekommen«, sagte sie und nahm ein feuchtes Tuch von meiner Stirn. Dann reichte sie mir ein Glas mit einer trüben Flüssigkeit. »Trinken Sie das ...«

Ich wandte meinen Kopf ab. Auf der anderen Seite des Bettes saß Lady Igraine. »Es wird Ihnen guttun«, sagte sie.

Als ich ihr weißes Gesicht sah, kam plötzlich die entsetzliche Erinnerung an den dunklen Raum mit seinen grinsenden Schädeln zurück. Und der Korb, der winzige Korb, der nicht größer war als die Wiege eines Babys.

»Sie sind ohnmächtig geworden«, meinte Lady Igraine. »Sie haben beinahe das Kind verloren.«

Ich versuchte mich aufzurichten, aber Mrs. Beecham hielt mich fest. »Sie ... Sie ...« Die Worte, bitter wie Galle, blieben mir im Halse stecken. »Ihnen liegt doch nichts an dem Kind. Ungeheuer!«

»Ungeheuer«, wiederholte Lady Igraine. »Ist das der Dank dafür, daß wir Ihr Kind vor einer vorzeitigen Geburt gerettet haben?«

»Es retten? Sie wollen es doch nur für Ihre teuflischen Zwecke retten.«

Lady Igraine bedeutete Mrs. Beecham, mich loszulassen, was sie auch tat. »Was für teuflische Zwecke meinen Sie?«

»Sie wollen ... Sie wollen ...« Ich konnte es nicht aussprechen. Es war zu grauenhaft. »Ich habe den kleinen Korb gesehen. Ich weiß, was er bedeutet.«

Lady Igraine und Mrs. Beecham warfen sich einen Blick zu.

»Ich weiß, warum Miß Tomkins sich aufgehängt hat. Sie wollten auch ihr Baby. Sie wollten . . .«

Wieder wechselten sie einen bedeutungsvollen Blick, der die Wahrheit besser bestätigte als Worte. »Sie werden mein Kind nicht bekommen . . .« Ich hatte noch nicht aufgegeben. Solange ich noch atmen konnte, würde ich gegen sie kämpfen. Dazu war ich fest entschlossen.

»Was reden Sie da für einen Unsinn?« fragte Lady Igraine.

»Sie brauchen mir nichts vorzumachen«, entgegnete ich. »Ich habe Sie gesehen. Ich habe Sie in dem Kreis beobachtet. Sie sind Druiden. Sie haben das Schlechteste von ihnen übernommen, ihre bösen, heidnischen . . .«

»Genug!« Rote Flecken zeigten sich auf Lady Igraines blassen Wangen. »Hören Sie auf mit Ihrer falschen Frömmigkeit, meine Liebe. Ja, wir sind Druiden. Sie sprechen zu einer Druidin, und ich bin stolz darauf. Stolz, hören Sie? Ich bin Priesterin einer sehr heiligen, angesehenen Gemeinschaft, und diejenigen, die an den Ritualen teilnehmen dürfen, werden sorgfältig ausgewählt. Es ist eine Ehre.«

»Ehre!« Ich fuhr hoch, Tränen der Empörung brannten in meinen Augen. »Ist Mord eine Ehre?«

Lady Igraine richtete sich zu ihrer vollen Größe auf. Ihre farblosen Augen funkelten mich zornig an. »Hüten Sie Ihre gemeine Zunge! Ich will nichts mehr hören. Mrs. Beecham wird nun bei Ihnen bleiben.«

»Ich will Mrs. Beecham nicht hierhaben.«

»Zu Ihrem Schutz.«

Ich sah ihr ruhig und fest in die Augen. »Sie brauchen keine Angst zu haben. Ich werde mich nicht umbringen. Ich bin nicht Miß Tomkins.«

»Nein«, erwiderte sie langsam. »Ich glaube nicht, daß Sie ihr in irgendeiner Weise ähnlich sind.« Ihre letzten Worte zeigten von widerwilliger Anerkennung, die mir gar nichts bedeutete. Aber ich machte sie mir zunutze.

»Lassen Sie mich allein«, sagte ich. »Ich möchte allein sein.«

Mrs. Beecham wollte etwas sagen, aber Lady Igraine ließ sie nicht zu Wort kommen. »Wenn Sie es wünschen«, sagte sie. »Ich glaube, wenn Sie über alles nachgedacht haben, werden Sie vielleicht mehr über unsere Rituale erfahren wollen und eines Tages sogar lernen, sie zu achten.«

Ich gab keine Antwort.

Nachdem sie mein Zimmer verlassen hatten, zog ich mich rasch wieder an, um nochmals einen Fluchtversuch zu unternehmen.

Auf einmal hörte ich Schritte, die sich meiner Tür näherten. Ich verharrte einen Moment regungslos in der Mitte des Zimmers. Dann nahm ich hastig Umhang und Schal wieder ab, aber es wäre nicht nötig gewesen, denn die Tür wurde nicht geöffnet. Ich hörte nur das Geräusch eines Schlüssels, der im Schloß umgedreht wurde.

Ich war eine Gefangene.

Sofort warf ich mich gegen die Tür und schlug auf sie ein. »Lassen Sie mich heraus! Lassen Sie mich heraus!« Tränen erstickten meine Stimme, aber ich hämmerte so lange gegen die Tür, bis meine Fäuste schmerzten und ich meine erschöpften Arme sinken ließ. Ich war in dem Zimmer gefangen, in einem Raum inmitten einer steinernen Festung. Das einzige Fenster lag auf der Seite der Klippen und des tosenden Meeres. Es war genauso unmöglich, von hier zu entfliehen, wie aus dem tiefsten Verlies.

Auf der anderen Seite der Tür vernahm ich ein leises Kichern, und dann entfernten sich die Schritte. Mrs. Beecham. Sie hatte gewartet, um sich an meiner Qual zu ergötzen. Das entfachte in mir erneut Wut und damit auch Hoffnung.

Sie würden mir nichts antun, bevor mein Baby auf der Welt war. So hatte ich noch etwa zwei Wochen Zeit. Vieles konnte währenddessen geschehen. Edward Trelwyn konnte zurückkehren. Er würde mich befreien. Gleich nach seiner Rückkehr würde er bestimmt nach mir fragen. Lady Igraine würde ihm vielleicht erzählen, daß ich nach London gegangen sei, aber er würde ihr niemals glauben. Er wußte besser als sie, daß ich niemanden hatte, zu dem ich gehen konnte. Er würde verlangen, mich zu sehen, und dann ...

Mrs. Beecham öffnete um sieben Uhr die Tür, um mir mein Abendessen zu bringen.

»Ist es mir nicht gestattet, mit den anderen zu essen?« fragte ich.

»Lady Igraine ist der Meinung, daß es für Sie im Augenblick besser ist, Ihre Mahlzeiten allein einzunehmen«, erwiderte sie.

»Wie lange soll ich noch in meinem Zimmer eingeschlossen bleiben?« wollte ich wissen.

»Das wird Lady Igraine entscheiden.«

Während der nächsten fünf Tage verhielt ich mich ruhig und fügsam, aß und schlief, wie es von mir verlangt wurde, bat nie darum, mein Zimmer verlassen zu dürfen, und ließ nicht ein Wort der Auflehnung über meine Lippen kommen. Mein einziger Ungehorsam war, daß ich den Kräutersaft nicht trank.

Ich sah Mrs. Beecham dreimal am Tag und kurz vor dem Schlafengehen ein viertesmal, und mein Haß auf sie wurde immer stärker. Lady Igraine bekam ich nicht mehr zu Gesicht.

Mein Mut hatte mich in diesen fünf Tagen nicht verlassen, aber als ich am sechsten Tag immer noch nichts von Edward Trelwyn gehört hatte, wurde ich unruhig, und die frühere Verzweiflung ergriff mich wieder. Was geschah, wenn Edward nicht mehr kommen würde? Mrs. Beecham wollte mir nichts über ihn sagen. Die Zeit, die zunächst so langsam vergangen war, schien jetzt viel zu schnell zu verfliegen. Mit jeder weiteren Stunde wurde mir schmerzlich bewußt, daß die Geburt des Kindes immer näherrückte. Wieder dachte ich an Flucht. Wenn Edward mir nicht helfen konnte, mußte ich versuchen, mich selbst zu befreien.

Da war jedoch die verschlossene Tür. In gewisser Weise war dies für mich ein Vorteil, denn da sie wußten, daß ich in sicherm Gewahrsam war, würden Mrs. Beecham und die anderen nicht weiter auf mich aufpassen. Aber wie sollte ich ohne Schlüssel aus dem Zimmer gelangen? Ich dachte gerade über dieses Problem nach, als ich hörte, wie der Türknopf bewegt wurde. Ich wartete auf das Umdrehen des Schlüssels, aber statt dessen vernahm ich nur ein leises Kratzen an der Tür.

Ich beugte mich zum Schlüsselloch herunter und flüsterte: »Wer ist da?«

»Aubrey«, war die leise, kaum hörbare Antwort.

Aubrey war erst sechs Jahre alt, aber er war klug. Sehr klug sogar.

»Willst du mich besuchen kommen, Aubrey? Das ist sehr nett von dir«, sagte ich mit süßer, einschmeichelnder Stimme. »Ich habe dich vermißt.«

»Mama sagt, Sie waren böse und dürfen deshalb nicht herauskommen.«

»Das stimmt«, antwortete ich. »Aber ich habe meine Missetat schon bereut.«

Ich hörte, wie er den Atem anhielt. Ich konnte mir gut vorstellen, daß Aubrey, so verwöhnt er auch war, sicherlich auch einigemal eingesperrt worden war und mir in meiner Situation Sympathie entgegenbrachte.

»Ich fühle mich so einsam«, fuhr ich fort. »Kannst du nicht zu mir hereinkommen?«

»Ich werde Mama fragen.«

»Nein, nein. Sie wird es nicht erlauben, fürchte ich. Und die anderen auch nicht. Vielleicht könntest du hereinkommen, ohne daß es jemand weiß. Nur für ein paar Minuten, so daß wir uns unterhalten können. Es soll unser Geheimnis sein.«

Es folgte ein Schweigen, und ich stellte mir vor, wie er mit gerunzelter Stirn angestrengt nachdachte. Aubrey war schließlich ein Kind, und Kinder liebten Geheimnisse.

»Ich werde es niemandem verraten«, drängte ich ihn.

Immer noch schwieg er.

»Oh«, sagte ich, »das habe ich vergessen. Du mußt ja den Schlüssel besorgen. Aber ich glaube nicht, daß du das ganz allein schaffen kannst.«

Ich wartete auf seine Reaktion und hoffte, er würde diese Herausforderung annehmen.

»Natürlich kann ich das«, ließ er sich vernehmen. »Das ist gar nichts für mich. Ich bringe alles fertig, was ich will.«

»Allerdings ... vielleicht solltest du es doch nicht versu-

chen. Wenn jemand etwas merkt, wirst du dafür bestraft.«
»Nein, niemand wird es erfahren.«
Ich hörte ihn davonspringen.

Ich wartete — hin- und hergerissen zwischen Hoffnung und Verzweiflung. Wie konnte ich erwarten, daß ein so kleiner Junge den richtigen Schlüssel finden würde? Außerdem war es nicht sicher, ob Aubrey nicht geradewegs zu seiner Mutter oder sogar zu Lady Igraine gelaufen war.

Etwa eine Stunde später, als ich meine Hoffnung bereits begraben hatte, hörte ich seine hüpfenden Schritte wieder auf dem Gang. Kurz darauf steckte er den Schlüssel ins Schloß und öffnete nach ein paar vergeblichen Versuchen die Tür.

»Du bist ein sehr, sehr kluger Junge«, sagte ich glücklich und umarmte ihn. »Wie hast du es nur angestellt, den richtigen Schlüssel zu finden?«

»Das war nicht schwer«, prahlte er. »Sie sind alle in einem Schrank, und jeder ist mit einer Nummer versehen. Ich wäre schon früher gekommen, aber die Köchin hat mich so lange beobachtet. Schließlich tat ich so, als ob ich gehen wollte, und als sie mir den Rücken zukehrte, war es nur noch eine Kleinigkeit, den richtigen Schlüssel herauszuholen.«

Ein außergewöhnliches Kind. »Zeig ihn mir einmal«, bat ich, nahm den Schlüssel aus seiner schmutzigen kleinen Hand und verschloß die Tür hinter ihm. »Das ist also der richtige. Ich hatte nicht geglaubt, daß du wiederkommen würdest, aber ich bin sehr froh, daß du nun da bist.«

Er kletterte auf mein Bett und ließ die Beine herunterbaumeln. »Sie treffen schon Vorbereitungen für das Fest der Sonnenwende«, erzählte er. »Aber sie wollen mich nicht daran teilnehmen lassen.«

»Du bist noch zu jung«, entgegnete ich abwesend. »Wenn du einmal älter bist . . .« Ich hatte den Schlüssel. Es war, als wäre ich in den Besitz meines Lösegeldes gekommen.

»Ich werde Hoherpriester sein, wenn ich älter bin«, meinte er lächelnd.

»Ich bin sicher, daß du das werden wirst.« Wenn er nun den Schlüssel zurückhaben wollte? Ich mußte so tun, als hätte ich ihn verloren. »Du wirst ein sehr guter Hoherpriester.« Ich drehte mich um und steckte den Schlüssel in den Ausschnitt meines Kleides.

Ich glaubte nicht, daß Aubrey zugeben würde, einen Schlüssel gestohlen und dann verloren zu haben. Nachdem er gegangen war, würde ich die Tür hinter ihm zusperren und den Schlüssel zu einem von mir gewählten Zeitpunkt benutzen.

»Großmama sagt, daß ich ein guter Schüler bin. Wissen Sie, es dauert zwanzig Jahre, bis man Hoherpriester wird.«

»Tatsächlich?« Ich fragte mich, wie ich ihn am besten wieder loswerden konnte, denn er hatte ja seinen Zweck erfüllt.

»Ich finde jedoch«, fuhr er ernsthaft fort, »daß es von Großmama sehr ungerecht ist, mich von dem Schauspiel fernzuhalten.«

»Du mußt Geduld haben, Aubrey, du mußt warten, bis du älter bist.«

Er runzelte die Stirn. »Das sagt Mama auch immer. Aber dann erzählen sie mir, wie wunderschön der Gesang ist, wie herrlich die Flammen sind, wenn sie hoch in den Himmel auflodern, und dazwischen die Schreie.«

»Was ... was hast du gesagt?« Ich hatte nicht richtig zugehört und glaubte meinen Ohren nicht zu trauen.

»Die Schreie«, wiederholte er.

»Was für Schreie?«

»Nun, von den Auserwählten in den brennenden Körben«, wiederholte er nochmals geduldig. »Mrs. Beecham sagt, daß sie an Händen und Füßen gefesselt sind. Und wenn die Flammen sie erreichen, fangen sie an zu schreien.«

»Du darfst nicht über solche Dinge sprechen«, sagte ich, und kalte Schauer jagten mir den Rücken hinunter.

Er rutschte vom Bett herunter und kam auf mich zu.

»Es ist schlecht, von so etwas zu sprechen, es ist grausam und böse«, sagte ich streng.

Seine Augen wurden schmal und funkelten wütend. »Sie haben kein Recht, mir zu sagen, daß ich böse bin. Ich bin es nicht. Und Sie können mir auch nicht vorschreiben, was ich sagen darf. Ich werde einmal Hoherpriester sein.«

Ich wich vor ihm zurück. Die Schlechtigkeit der anderen war entsetzlich genug, aber die Verderbtheit eines Kindes war häßlich, unnatürlich, für mich unfaßbar. »Aubrey...«

»Ich bin es leid, immer nur zu warten. Ich hasse es, wenn man mir Vorschriften macht!« Er stampfte mit dem Fuß auf. »Ich will das Feuer sehen!«

»Nein, nein.«

»Ich dachte, Sie wären meine Freundin. Aber Sie sind auch nur eine dumme Gans wie Miß Tomkins. Papa hat sich so große Mühe gegeben, den Storch zu überreden, sie zu besuchen, und dann hat sie...«

Ich hielt mir die Ohren zu. Es war zu viel. Stuart Igraine hatte Pflicht mit Vergnügen verbunden und die arme Miß Tomkins verführt. Aber ich hatte ihn um seinen Spaß betrogen. Ich erwartete bereits ein Kind.

Aubreys Gesicht war rot angelaufen, er hob seine Faust und trat heftig gegen mein Schienbein. »Ich will jetzt mein Feuer haben!« rief er.

Er stieß mich zur Seite und lief zum Kamin. Voller Bestürzung beobachtete ich, wie er ein Holzscheit, das an einem Ende glühte, von der Feuerstelle nahm.

»Aubrey...!«

Bevor ich ihn davon abhalten konnte, berührte er damit einen Vorhang. Der Stoff fing sofort Feuer.

Ich versuchte, den Vorhang herunterzureißen, aber die Flammen hatten schon auf den zweiten übergegriffen. Ich goß einen Eimer Wasser in die Flammen, was sie jedoch nur noch mehr anzufachen schien.

Die ganze Zeit hüpfte Aubrey auf und ab und lachte schrill, ein scheußliches, teuflisches Lachen. Eine Szene aus Dantes Inferno.

Hysterisch rannte ich zur Tür. Sie war verschlossen, ich hatte sie selbst zugesperrt. Hastig griff ich nach dem Schlüssel, und im nächsten Moment stieß ich die Tür auf. »Hilfe! Hilfe!« Meine geplante Flucht, mein Kind, alles war vergessen in der Angst vor dem Feuer hinter mir.

Keuchend klammerte ich mich an der Tür fest und nahm kaum wahr, daß Aubrey an mir vorbeistürzte und davonlief. Ich hörte Stimmen, Rufe. Jemand stieß mich zur Seite, und ich stolperte auf den Gang hinaus. Ich spürte, wie alles um mich versank. Ein Arm legte sich um mich. Ich blickte auf. Es war Stuart. Ich versuchte mich loszureißen, aber er hielt mich fest. Seine Augen sahen mich gierig an, als seine blutleeren Lippen sich mir näherten.

»Bringt sie herein«, hörte ich Lady Igraine sagen.

Es war vorbei. Das Feuer war gelöscht, und der Rauch ringelte sich in grauen Fäden zur Decke hinauf.

»Wie ist das geschehen?« verlangte Lady Igraine eine Erklärung.

Ich war noch viel zu benommen, um antworten zu können.

Lady Igraine packte mich an den Schultern und schüttelte mich. »Wie konnte das Feuer entstehen?«

»Es war ein Unfall«, stammelte ich.

Sie waren alle da, Mrs. Beecham, Constance, Stuart, der kleine Aubrey. Sie standen um mich herum und starrten mich an, die blassen Augen und die schwarzen. »Ein ... ein Unfall«, wiederholte ich. »Aubrey ...«

»Sie hat mich dazu angestiftet!« rief Aubrey. »Sie hat mich den Schlüssel holen lassen.«

»Wo ist der Schlüssel?« fragte Lady Igraine.

»Ich weiß es nicht. Ich habe ihn fallenlassen ...«

»Sie lügen«, sagte sie und griff nach dem Kragen meines Kleides. »Wo ist der Schlüssel?«

»Ich habe ihn verloren.«

Ihr Griff verstärkte sich, und mit einem heftigen Ruck riß sie mein Kleid bis zur Taille auf. Dabei fiel der Schlüssel zu Boden. Fassungslos schaute ich auf ihn herunter. Ich konnte mich nicht erinnern, ihn wieder an mich genommen zu haben.

»So, Sie haben ihn verloren?«

Ich sah, wie Stuart auf meinen entblößten Busen starrte und sich dabei die Lippen leckte. Hastig raffte ich mein Kleid zusammen und wäre am liebsten vor Scham gestorben.

Lady Igraine sagte: »Ich glaube, das reicht jetzt. Mrs. Beecham und ich möchten mit Mrs. Waverly allein sein.«

Die anderen verließen das Zimmer, und Stuart warf mir noch einen letzten hungrigen Blick zu. Lady Igraine wandte sich an mich. »Ich sehe, daß es unmöglich ist, Ihnen zu trauen. Es wird nun Mrs. Beechams Aufgabe sein, Tag und Nacht bei Ihnen zu bleiben.«

»Ich verspreche ...«

»Ersparen Sie mir Ihre Versprechungen.«

Ich war außer mir vor Wut. Ich wollte in dieses weiße, farblose, unmenschliche Gesicht schlagen, es zerkratzen. Feinde, alle waren sie Feinde! »Sie glauben, daß Sie mich so behandeln können ... Sie ... Sie können es nicht wagen. Mr. Trelwyn ...«

»Mr. Trelwyn war bereits hier und ist wieder gegangen.«

»Das glaube ich Ihnen nicht.«

»Er kam gestern zum Tee.«

»Das ist nicht wahr.«

»Ich habe ihm erzählt, daß Sie das Kind zur Welt gebracht haben und daß es Ihnen sehr schlecht geht. Ich habe gesagt, Sie seien nicht in der Lage, jemanden zu empfangen, nur unsere gute Mrs. Beecham weiche nicht von Ihrer Seite ...«

»Ich glaube es Ihnen nicht.«

»Aber er hat es geglaubt.«

Einen Moment lang starrte ich sie sprachlos an. »Sie!« Ich spuckte sie an. Sie packte meinen Arm, bevor ich ihr Gesicht erreichen konnte, und grub ihre Nägel in das Fleisch.

»Sie sollten inzwischen wissen, wer hier die Herrin ist.«

Ein plötzlicher Krampf durchfuhr meinen Körper, und ein schrecklicher Schmerz nahm mir den Atem.

Lady Igraine ließ meinen Arm los, und Mrs. Beecham kam näher. Sie führten mich beide zum Bett, als mich wieder ein beinahe unerträglicher Schmerz zu zerreißen schien; er kam und ging in immer kürzeren Abständen. Aus der Ferne hörte ich jemanden schreien, es war ein wilder, unmenschlicher Schrei. Dieser Jemand, nahm ich halb besinnungslos wahr, war ich selbst.

Die Stunde der Geburt war gekommen.

15

Es war ein Mädchen. Ich nannte sie Roxanne. Sie war verschrumpelt und rot und winzig klein, und ich liebte sie heiß und innig, selbst wenn sie schrie und dabei ihr kleines Affengesicht verzog. Ich glaubte, niemals etwas oder jemanden so sehr geliebt zu haben, und ich hielt sie schützend in meinen Armen, wild entschlossen, daß nichts uns jemals trennen durfte. Ich wartete darauf, daß sie kamen und sie mir wegnahmen, wie eine Löwin, die bereit war, ihr Junges zu verteidigen. Aber weder Lady Igraine noch Mrs. Beecham unternahmen einen Versuch, sie mir zu entreißen. Das wunderte mich, bis mir bewußt wurde, daß die Tag- und Nachtgleiche erst in vierzehn Tagen war. Sie konnten nicht riskieren, ihr auserwähltes Opfer zu verlieren. Die Muttermilch würde es kräftigen und gesund erhalten.

In den ersten Tagen war ich oft versucht, nicht an sie zu denken — ich wollte die Zeit mit meinem Baby genießen und daran glauben, daß Gott uns am Ende retten würde. Aber es war töricht, auf ein Wunder zu hoffen, denn Wunder gab es nicht.

Mrs. Beecham wich jetzt nicht mehr von meiner Seite. Ein Feldbett war zu Füßen meines Bettes aufgestellt worden. Betrübt mußte ich feststellen, daß sie einen sehr leichten Schlaf hatte. Jedesmal, wenn ich während der langen Nächte einen Fuß auf den Boden setzte, fuhr sie blitzschnell hoch und wollte wissen, wohin ich ging und warum. Tagsüber schien sie sich mit einer Tasse Tee nach der anderen aufrecht zu halten. Das war ihre einzige Schwäche, und ich glaubte, daß ihr ständiges Teetrinken auf innere Nervosität zurückzuführen war. Nach außen hin schien sie jedoch stark wie ein Fels zu sein, ihren scharfen Blick fortwährend auf mich gerichtet.

Trotz Mrs. Beechams verhaßter Gegenwart war ich auf seltsame Weise glücklich. Ich war nicht mehr allein; ich hatte Roxanne. So klein sie auch war, ich spürte, daß ich jetzt einen Verbündeten hatte, ein anderes menschliches Wesen, mit dem ich in Gefahr und Liebe verbunden war.

Aber ich durfte trotz allem nicht vergessen, daß wir beide fliehen mußten. Ich mußte das Schloß verlassen und zu Edwards Haus gelangen. Sobald ich einmal dort war, würden all meine Ängste und Sorgen vorüber sein, denn Edward würde mir helfen. Aber wie sollte es mir gelingen? Statt der verschlossenen Tür war nun Mrs. Beecham mein größtes Hindernis. Da sie mein Zimmer niemals verließ, mußte ich sie irgendwie außer Gefecht setzen.

Auf einmal fiel mir das Laudanum ein. Vor ein paar Tagen war Roxanne unruhig gewesen, und Mrs. Beecham, die das Schreien des Babys sehr zu stören schien, hatte mir eine kleine Flasche Laudanum gebracht, um das Kind damit zu beruhigen.

Ich hatte einmal gehört, daß es Opium enthielt, und hatte natürlich nicht erlaubt, daß Mrs. Beecham dem Baby etwas davon gab. Aber die Flasche stand noch immer auf dem Frisiertisch. »Es ist harmlos... und es wirkt«, hatte sie gesagt. Nun, vielleicht hätte Mrs. Beecham nichts dagegen, etwas von ihrer eigenen Medizin einzunehmen.

Eine halbe Stunde vor dem Schlafengehen brachte das Dienstmädchen wie üblich eine Kanne Tee. »Darf ich auch eine Tasse haben?« fragte ich. Es war keine ungewöhnliche Bitte, denn ab und zu trank ich auch eine Tasse Tee am Abend. Ich beobachtete, wie Mrs. Beecham zwei Tassen einschenkte. Ich wandte ihr den Rücken zu und beugte mich über Roxannes Wiege. »Verzeih mir, Liebling«, flüsterte ich und zwickte in ihr kleines, pummeliges Beinchen. Wie erwartet fing sie an zu schreien. »Was ist denn, mein Liebling?« säuselte ich und zog ihre Decke weg.

»Oh, Mrs. Beecham«, rief ich aus. »Ich glaube, es fehlt ihr etwas. Ihre Brust ist ganz blau.«

Sie stand sofort auf und eilte zur Wiege. In dem Augenblick, als sie mir den Rücken zukehrte, nahm ich das Laudanum aus meinem Ärmel, wo ich es vorher versteckt hatte, und goß eine halbe Flasche in Mrs. Beechams Tee. Ich wollte das Fläschchen gerade zurückstellen, als sie sich wieder umwandte.

»Ihre Brust ist ganz in Ordnung«, sagte sie mit säuerlicher Miene. »Sie schreit nur, das ist alles. Geben Sie mir das Laudanum.«

»Ich...«

»Ich hole es selbst. Ich kann dieses Geschrei nicht ertragen. Es zerreißt mir das Trommelfell.« Sie stürzte an mir vorbei zum Frisiertisch, während mir der kalte Schweiß ausbrach.

»Ich kann es nicht finden«, meinte sie. »Ich könnte schwören, es hier hingestellt zu haben. Heute nachmittag habe ich es noch gesehen.«

»Es steht auf dem Nachttisch«, sagte ich schnell, und indem ich mich kurz umwandte, stellte ich die kleine Flasche neben die Lampe. »Das Dienstmädchen muß sie heute morgen beim Staubwischen hier abgestellt haben«, fügte ich noch hinzu.

Sie würde bemerken, daß die Flasche halb leer war. Ein Dutzend Ausflüchte kamen mir in den Sinn: Ich hatte die Flasche umgestoßen, ich hatte selbst davon getrunken, das Dienstmädchen hatte es getrunken... Aber sie nahm das Laudanum ohne jede Bemerkung und gab ein paar Tropfen auf einen Löffel, den sie der armen Roxanne in den Mund schob, worauf diese natürlich um so lauter schrie. Ich nahm das arme Kind auf den Arm und versuchte es zu beruhigen.

»Der Tee hat einen merkwürdigen Geschmack«, beschwerte sich Mrs. Beecham. Ich verbarg mein Gesicht hinter Roxannes kleinem Körper, und mein Herz klopfte wild.

Was geschah, wenn sie ihn nicht trank? »Er hat zu lange gestanden«, sagte ich.

Ich legte Roxanne in ihre Wiege, nahm meine eigene Tasse und nippte daran. »Er ist ein wenig süß, aber man kann ihn trinken.«

»Mmmmmm...«

Ich beobachtete sie über den Rand meiner Tasse hinweg. Sie trank ihn, sie trank die ganze Tasse.

Ich zog mein Nachthemd an und legte mich ins Bett. Mrs. Beecham saß in ihrem Stuhl, ihre Stickarbeit auf dem Schoß. Sie hatte seit ihrer Bemerkung über den Tee kein Wort mehr gesprochen. Sie begann zu sticken. Fünf Minuten vergingen, zehn. Mrs. Beecham ließ die Nadel sinken und blinzelte. Sie murmelte etwas von Hitze und schlechter Luft. Ihr Kopf sank langsam vornüber. Nach kurzer Zeit fing sie an zu schnarchen, ihr Kinn lag auf ihrer Brust, und die Stickarbeit war auf den Boden gefallen.

Ich stand sofort auf und zog mich leise und hastig an. Durch das Laudanum schlief auch Roxanne tief und fest. Ich wickelte sie in meinen wollenen Schal und verließ auf Zehenspitzen das Zimmer. Wieder mußte ich diese lange, kalte Steintreppe überwinden, vorbei an den flackernden Lampen, die unheimliche Schatten warfen. Als ich unten angelangt war, hörte ich Lady Igraines Stimme in der Bibliothek. Sie hielt ihre abendliche Lesestunde. Ohne zu zögern rannte ich durch die Halle. Die Haustür war doppelt verriegelt.

Verzweifelt versuchte ich, die Riegel zurückzuschieben. Es gelang mir nicht. Aber es gab noch eine andere Tür, den Dienstboteneingang. Ich wußte nicht genau, wo er sich befand, aber mein Verstand sagte mir, daß er hinter der Küche liegen mußte.

Ich tastete mich durch den dunklen Speiseraum und hielt Roxanne fest an meine Brust gedrückt. Vor der Küchentür blieb ich einen Moment stehen und lauschte. Nichts rührte sich. Die Lampe auf dem Küchentisch brannte nur noch schwach, aber es war hell genug, um die Tür nach draußen zu finden. Der Riegel hier ließ sich leichter öffnen. Ich trat hinaus und schloß die Tür hinter mir. Als ich mich umdrehte, erstarrte ich vor Schreck.

Ein Mann stand wenige Schritte von mir entfernt. Es war schwer zu sagen, wer von uns beiden mehr erschrocken war, ich, die wie festgewurzelt an der Tür stand, oder der bewegungslos verharrende Mann auf dem gepflasterten Weg. Sein Gesicht konnte ich nicht erkennen, aber er trug rauhe Arbeitskleidung. Die Bediensteten der Igraines hatte ich nie in solcher Kleidung gesehen. Er bewegte sich zuerst und stieß einen gurgelnden Laut aus. Es war Silchester; ich hatte schon einmal diesen schmerzhaften Versuch zu sprechen von ihm gehört. Ich flüsterte seinen Namen, und er wandte sich sofort um und lief weg.

Ich konnte mir nicht vorstellen, warum sich Edwards Stallbursche zu dieser späten Stunde in der Nähe des Schlosses aufhielt, es sei denn, er hatte eine Verabredung mit einem der Dienstmädchen. Er war wahrscheinlich noch mehr erschrocken als ich. Ich lief ihm nach, denn ich glaubte, er würde mir den Weg zeigen, wenn ich ihm Geld anbot. Seltsamerweise kam es mir nicht in den Sinn, daß er mir etwas antun könnte. Aber er war so schnell davongelaufen, daß ich ihn weder sah noch hörte, als ich die Auffahrt erreichte.

Nachdem ich den Schloßgraben hinter mir gelassen hatte, blieb ich einen Moment stehen und überlegte, welchen Weg Lady Igraine und ich damals gefahren waren, als das Tor verschlossen war. Ich kam zu dem Schluß, daß Edwards Haus hinter dem Hügel zu meiner Linken liegen mußte. Auf halber Höhe konnte ich im Mondlicht die schwachen Umrisse des verwachsenen, schmalen Weges erkennen.

Ich hatte einen sehr langen Weg vor mir und zwang mich, langsam zu gehen, obwohl ich am liebsten gerannt wäre.

Wenn ich daran zurückdenke, kommt mir meine Flucht vor wie ein böser Traum. Blindlings folgte ich dem Weg, stolperte durch Gestrüpp und Stechginster, der sich in meinen Röcken verfing. Es war wie ein Alptraum, mühsam schleppte ich mich voran, meine Beine schmerzten, und die schlafende Roxanne war unglaublich schwer. Irgendwie erreichte ich die Straße, und wieder nach einer endlosen Zeit fand ich mich auf der Allee wieder, die auf das Haus zuführte.

Jemand öffnete mir die Tür. Es mußte der Diener gewesen sein, aber ich erinnere mich nur noch an ein verschwommenes, entsetztes Gesicht. Ich versuchte zu sprechen, aber ich konnte es nicht, und es war mir auch nicht möglich, über die Schwelle zu treten. Um mich drehte sich alles. Plötzlich erschien Edward in diesem Karussell, das sich immer schneller zu drehen begann.

Ein starker, würziger Geruch stieg mir in die Nase, und ich mußte niesen. Ich öffnete die Augen und begegnete Edwards warmem, besorgtem Blick.

»Charlotte...«

Ich lag auf einem Sofa vor einem flackernden Feuer im Kamin. Sein rosiger Schimmer fiel auf braune Holztäfelung und kunstvoll geschnitzte Stühle. Edwards Haus. Ich hatte erreicht, was ich wollte. Aber irgend etwas fehlte mir.

»Roxanne?«

»Sie ist hier. Ruhen Sie sich aus.«

»Ich muß sie sehen, unbedingt.«

»Sie ist bei Mrs. Daisy.« Er setzte ein Glas an meine Lippen. »Ich möchte, daß Sie einen Schluck trinken.«

Der Brandy brannte in meiner ausgedörrten Kehle. Ich schloß die Augen, und als ich sie wieder öffnete, war Edward immer noch an meiner Seite und sah mich liebevoll an. Ich begann zu weinen.

Er hielt mich in seinen Armen, während ich schluchzte, und strich mir sanft über das Haar. Nachdem ich mich wieder beruhigt hatte, wischte er mir zart die Tränen mit seinem Taschentuch fort.

»Es ... es ist so schrecklich«, sagte ich.

»Ruhen Sie jetzt ... später können Sie mir alles erzählen.«

»Nein. Ich muß es jetzt sagen. Sie ... Sie wissen es nicht ... aber sie sind Druiden und ...« Dann brach die ganze Geschichte aus mir hervor. Ich erzählte ihm alles, wie und warum Mrs. Beecham mich eingestellt hatte, meine Gefangenschaft, wie Lady Igraine geplant hatte, mir mein Kind für ihre heidnischen Rituale wegzunehmen. Ruhig und aufmerksam hörte Edward mir zu, und sein Blick wurde immer ernster und nachdenklicher. Als ich geendet hatte, folgte ein langes Schweigen.

»Diese Stümper«, sagte er schließlich.

Verständnislos blickte ich zu ihm auf.

»Diese Stümper«, wiederholte er.

»Warum sagen Sie das?« Das hatte ich nicht erwartet; Entrüstung, Zorn, heftige Verurteilung, aber nicht diese rätselhafte Feststellung. »Was meinen Sie damit?«

Er stand auf und ging zum Kamin hinüber. Dort blieb er stehen, ohne ein Wort zu sagen; ein unheimliches Schweigen lag zwischen uns.

»Edward?« sagte ich ein wenig ängstlich.

Er kam wieder auf mich zu, setzte sich neben mich und nahm meine Hand. »Sie hätten es Ihnen niemals sagen dürfen.«

Jetzt bekam ich wirklich Angst. Ich zog meine Hand zurück. »Was sagen Sie da?«

»Charlotte — ich liebe Sie. Glauben Sie mir?«

Ich konnte nicht antworten.

»Ich liebe Sie. Und ich möchte, daß Sie verstehen, was ich Ihnen jetzt sagen werde.«

»Aber ...«

Er legte mir einen Finger auf den Mund. Er sagte nichts, und auch ich schwieg, aber — lieber Gott — seine Augen, sie enthüllten mir alles. Ich schlug seine Hand weg. »Sie gehören zu ihnen«, flüsterte ich.

»Charlotte ...«

»Sie gehören zu ihnen!«

»Ich habe das nicht so gewollt ...«

»Dann verhindern Sie es, wenn Sie mich wirklich lieben! Wie konnten Sie nur?«

Er wollte meine Hand wieder nehmen, aber ich entzog sie ihm. »Sie!«

»Ich hatte vor, Ihnen später alles zu erklären.«

»Sie, ein Druide!«

Er sah mich traurig an. »Meine Liebe, Sie sagen das mit so viel Abscheu, weil Sie es nicht verstehen. Die Druiden sind eine auserwählte Gemeinschaft. Der große Cäsar selbst hat uns in den Adelsstand erhoben ...«

»Dieses Lied kenne ich schon. Sie und Lady Igraine ...«

»Ich stehe über Lady Igraine.«

»Hohepriesterin«, sagte ich voll Bitterkeit.

»Sie ist Hohepriesterin, aber ich bin Erzdruide. Ich bin Iola, der Hohepriester, der direkt von der alten Priestergemeinschaft der Druiden abstammt. Ich ...«

Hoherpriester. Der kleine Aubrey hatte gesagt, daß er diesen Titel eines Tages tragen würde. Aber nun sprach nicht der kleine Aubrey zu mir, sondern Edward.

»... ich bin stolz auf meine Position, meine Pflichten und meine Mission.«

Lieber Gott, was hatte ich getan? Ich hatte mein Kind dem einen Feind entrissen und es dem anderen in die Arme gelegt. Oh, was für ein Narr war ich gewesen! Ich hatte mich von diesen freundlichen Augen und seiner Höflichkeit verleiten lassen. Und jetzt hatte ich ihn erkannt, Edward Trelwyn, der Herr über sie alle!

»Wir können mit den Göttern in Verbindung treten, wir kennen ihren göttlichen Willen...«

Ich hätte niemals hierherkommen dürfen. Ich hätte mich unterwegs bis zum Morgengrauen in einem Graben verstecken sollen und dann den Weg ins Dorf wagen, zum Vikar.

»Sie haben mich angelogen!« stieß ich hervor. »Sie wußten alles. Die ganze Zeit wußten Sie, was der Gesang bedeutet, der Ring von Steinen, das unheimliche Wäldchen. Sie haben immer nur gelogen!«

»Meine liebe Charlotte, seien Sie ehrlich, haben Sie das nicht auch getan? Sie geben sich als Witwe aus...«

»Das kann man nicht vergleichen. Meine Lüge schadet niemandem. Sie gibt dem Kind einen Namen. Während Sie vorgaben...«

»Ich hatte wie Sie meine Gründe dafür. Ich wollte, daß Sie allmählich meinen Glauben verstehen lernen und keine falsche Auffassung davon bekommen.«

»Dann...« Vielleicht gab es doch noch ein wenig Hoffnung. »Dann wollen Sie also Roxanne verschonen?«

Er zog die Augenbrauen hoch. »Wie können Sie so etwas sagen. Sie wird ein Geschenk an die Götter sein.«

»Nein.«

»Das Kind wird bei der Feier des Sonnenwendfestes geopfert...«

Ich schloß die Augen. Ich sah Lady Igraine an dem langen Eßtisch. ›Nach der Tag- und Nachtgleiche wird sich Ihr Schicksal zum Guten wenden‹, hatte sie zu Edward gesagt. Der unglückliche Mr. Trelwyn, der zwei Jahre lang schlechte Ernten hatte und dessen Schafe starben. Dafür sollte mein Kind, mein Fleisch und Blut, auf grausame Weise ermordet werden.

»Roxanne!« schrie ich. »Ich will Roxanne!«

»Sie ist bei Mrs. Daisy. Sie...«

»Ich will Roxanne.«

»Meine liebe Charlotte, seien Sie vernünftig. Sie sind jung, Sie werden noch viele Kinder haben.«

»Nein!« Ich hielt mir die Ohren zu. »Ich will mein Kind!«

Er klingelte nach Mrs. Daisy. »Ich habe es ernstgemeint, als ich Sie bat, meine Frau zu werden. Ich wußte, daß Sie die Richtige sind, als Sie mir von Ihrem Erlebnis in dem Ring erzählten. Sie fühlten die Anwesenheit der Götter, Sie sahen, wie die Steine sich bewegten.«

»Nein!«

»Sie werden eine passende Frau für mich sein. Ich werde Sie selbst in die Geheimnisse einführen...«

»Nein!« Ich sprang auf. »Ich will nichts mehr hören. Wie können Sie von Heirat sprechen... einer Ehe mit Ihnen... während Sie mir mein Kind wegnehmen? Sie müssen verrückt sein.«

»Ich bin weit davon entfernt.«

Und das war die Wahrheit, die schreckliche Wahrheit. Seine entschlossene Nüchternheit war weitaus gefährlicher als jeglicher Wahnsinn es sein konnte. »Sie werden nicht ungestraft davonkommen, wenn Sie dieses Verbrechen begehen. Sie und Ihre Anhänger werden vernichtet werden.«

»Das glaube ich nicht«, erwiderte er ruhig. »In früheren Zeiten wurden solche Versuche unternommen. Unsere Feinde kamen unter dem Deckmantel der Freundschaft und feierten mit uns. Sie zündeten das Haus an, brachten sich selbst in Sicherheit und verriegelten die Türen und Fenster, bevor die Trelwyns erkannten, in welcher Gefahr sie schwebten. Sie hätten in den Flammen umkommen müssen, aber es geschah ihnen nichts. Meine Vorfahren waren gute Druiden. Deshalb sind die Götter ihnen zu Hilfe gekommen. Obwohl das Haus bis auf die Grundmauern niederbrannte, blieben sie völlig unverletzt.«

»Wir leben jetzt in einer anderen Zeit.«

»Ja, und es ist ein Jammer. Wenn es noch so wäre wie früher, wäre nicht all dieses Unglück über mich gekommen.«

»Unglück! Mein Kind soll... soll...«

»Wenn nötig, würde ich mein eigenes opfern.«

Mrs. Daisy kam mit Roxanne ins Zimmer. Ich lief auf sie zu, nahm das kleine Bündel und schloß Roxanne in die

Arme. Sie lächelte plötzlich im Schlaf, es war wie Adams Lächeln. Es brach mir das Herz.

»Mrs. Daisy«, flehte ich die Haushälterin unter Tränen an, »sehen Sie dieses unschuldige Kind? Wissen Sie, was sie mit ihr vorhaben?«

Mrs. Daisy, die ich für eine gutmütige, mütterliche Frau gehalten hatte, sagte nur: »Madam, sie ist auserwählt.«

Wie hatte ich nur annehmen können, daß sie nicht zu ihnen gehörte.

»Es ist schade, daß Sie so starrsinnig sind«, meinte Edward. »Aber ich bin sicher, daß Sie bald Ihre Meinung ändern werden.«

»Niemals!«

Er seufzte. »Jetzt werde ich Sie nach Awen zurückbringen. Die Igraines werden Sie bestimmt schon vermissen und sich Sorgen machen. Mrs. Daisy, sagen Sie Silchester, er soll die Kutsche vorfahren.«

Ich starrte ihn fassungslos an. »Sie wollen mich also zurückbringen. Sie wollen es wirklich geschehen lassen?«

»Ich hatte nie etwas anderes in Erwägung gezogen.«

Seine Miene war unerbittlich wie die eines Henkers, ohne Gefühl, ohne Bedauern. Wie hatte ich dieses Gesicht jemals freundlich und gutaussehend finden können?

»Edward, wenn ich Sie auf Knien anflehen würde... Ich bitte Sie von ganzem Herzen, ich flehe Sie an, es nicht zu tun.«

Er goß sich ein Glas Brandy ein und leerte es in einem Zug, ohne mich eines Blickes zu würdigen.

Wenige Minuten später kam Mrs. Daisy zurück. »Er ist da«, sagte sie.

Edward nahm meinen Arm und führte mich hinaus. Ich wehrte mich nicht. Der Stallbursche stand neben den Pferden und hielt eine Lampe. Ich zitterte.

»Ich werde Ihnen einen Schal holen«, sagte Edward. »Silchester, hilf Mrs. Waverly in die Kutsche.«

Silchester stellte die Lampe auf dem Boden ab und trat auf mich zu. Ich konnte sein Gesicht nicht sehen, aber als seine Hand meinen Ellbogen berührte, war es wie ein letzter Hoffnungsschimmer. »Es tut mir leid, daß ich Sie erschreckt habe«, flüsterte ich. »Aber ich brauche Ihre Hilfe. Ich muß fliehen.«

Ich spürte, wie seine Hand plötzlich erstarrte. »Werden Sie mir helfen?« bat ich verzweifelt. »Sie wollen...«

Er gab einen unterdrückten Laut von sich. »Wa... wa... was ist Ihr Vorname, Madam?«

Es war keine Antwort, nur eine zusammenhanglose Frage. Ich hätte nichts anderes erwarten dürfen. Sein Gehirn war geschädigt durch den Tritt eines Pferdes; er konnte mich nicht verstehen. »Ich heiße Charlotte«, erwiderte ich müde, und tiefe Hoffnungslosigkeit nahm von mir Besitz.

16

Ich wurde nach Schloß Awen zurückgebracht wie eine Gefangene in Ketten. Ich hielt Roxanne jedoch so fest an mich gepreßt, daß sie nichts dagegen tun konnten, daß ich sie mit in mein Bett nahm und zusammen mit ihr einschlief. Aber als ich am nächsten Morgen erwachte, war sie nicht mehr da.

Wie eine Wahnsinnige fuhr ich hoch, schrie und tobte und warf wie eine Besessene mit Gegenständen um mich. Nicht einmal Mrs. Beecham konnte mich zurückhalten, sie war gezwungen, Garwin herbeizurufen. Mit seinen großen, haarigen Händen band er mich auf dem Bett fest. Ich hörte nicht auf zu schreien, bis Mrs. Beecham mir ein Handtuch vor den Mund band.

In meinem Delirium wurden Tag und Nacht eins, ich wußte nicht, ob ich wach war oder schlief. Ab und zu sah ich ein verzerrtes Gesicht, und weiße Hände entfernten meinen Knebel und gossen eine warme Flüssigkeit in meinen wunden Mund.

Manchmal hörte ich Gesprächsfetzen.

»Es wäre viel einfacher, wenn wir sie sterben lassen könnten, Lady Igraine«, sagte eine Stimme.

Eine andere erwiderte: »Edward hat verboten, daß ihr etwas angetan wird. Er hofft immer noch, sie zu seiner Frau zu machen.«

»Das macht all Ihre Pläne zunichte, Lady Igraine.«

»Ja, das stimmt. Ich habe Aubrey von klein auf unterrichtet. Er eignet sich so gut. Er hat die Fähigkeit, ein hervorragender Hoherpriester zu werden.«

»Vielleicht wird sie keine Kinder mehr bekommen oder wenn, dann nur Mädchen.«

»Sie nicht.«

Sie nicht. Wer? Und wer war Aubrey? Edward? Mein Kopf schmerzte bei dem Versuch, die Namen einzuordnen. Ich gab es auf, und angenehme Dunkelheit umfing mich.

Ein andermal beugte sich ein bleiches Gesicht mit farblosen Augen über mich. »Sie muß daran teilnehmen«, sagte das Gesicht. »Es steht geschrieben. Edward wird seine Zustimmung geben müssen.«

Teilnehmen? Woran? An einem Ball zu meinen Ehren? Oder an einer Hochzeit? Natürlich war es eine Hochzeit. Adam und ich sollten in der St.-Pauls-Kathedrale getraut werden...

»Edward sagte, daß wir einen Fehler begangen haben... sie hat alles herausgefunden.«

»Ich weiß nicht, wie wir es vor ihr hätten verbergen können, Lady Igraine.«

»Unser Plan war, ihr zu sagen, daß das Kind bei der Geburt gestorben sei.«

Es waren immer zwei Stimmen, immer die gleichen.

»Dieses besondere Ereignis werden wir in dem heiligen Hain feiern.«

»Nicht in dem Ring?«

»Edward sagt, der Hain ist ein passenderer Ort. Der Ring...«

Ich fand mich an einem Tisch sitzend wieder und blickte in die Augen einer fremden, mir jedoch irgendwie vertrauten jungen Frau. Unter geschwungenen Brauen hatte sie graugrüne Augen, schöne Augen, aber sie waren leer und abwesend. Die junge Frau trug ein blaues Kleid, dessen Kapuze auf ihre Schultern zurückgeschlagen war. Ich fragte mich, warum sie mich so merkwürdig anstarrte.

Neben ihr erschien eine Frau. Auch sie hatte ich schon einmal gesehen, aber ich konnte mich nicht erinnern wo, oder warum ihr Gesicht mich erschreckte. Sie war groß, ganz in Weiß gekleidet, mit einem blassen Gesicht und hellem Haar, das ihr über die Schultern fiel. »Mrs. Waverly«, sprach sie das Mädchen mir gegenüber an. »Mrs. Beecham wird Sie frisieren.«

Eine andere Frau trat hinzu, eine untersetzte Gestalt in einem grünen Kleid. Sie hatte schwarze, scharfe Augen. Vor ihr hatte ich ebenfalls Angst. Ich beobachtete, wie sie das lange, rotbraune Haar der jungen Frau bürstete.

»Dieses wundervolle Haar«, sagte die Frau in Weiß. »Es hat die Farbe des Laubes zur herbstlichen Sonnenwende.«

Diese Worte, ich kannte sie. Ich hatte sie einmal gehört, irgendwo, an einem Ort — aber wie hieß dieser Ort?

»Wie ich sie um dieses Haar beneide. Meines hat überhaupt keine Farbe.«

Ich wandte mich um und sah in ein milchigblaues Augenpaar, kalt wie Eis auf einem zugefrorenen Teich, mit fast unsichtbaren Wimpern, und der Vorhang, der sich über meine Sinne gelegt hatte, zerriß mit einem schmerzhaften Ruck.

Jetzt erkannte ich den Raum, den Tisch, den Frisiertisch, an dem ich saß. Die junge Frau mir gegenüber war mein eigenes Spiegelbild. Ich war Mrs. Waverly. Das blasse Gesicht gehörte Lady Igraine, die scharfen, schwarzen Augen Mrs. Beecham. In meinem Kopf drehte sich alles wild durcheinander, Schloß Awen, Edward Trelwyn, Fackeln, Druiden ... brennende Körbe.

»Roxanne!« Es war ein kaum hörbares Flüstern.

»Sie haben also Ihr Gedächtnis wiedergefunden«, sagte Lady Igraine.

»Ja.« Einen Augenblick lang wünschte ich, daß ich in meiner Abwesenheit und Verlorenheit geblieben wäre.

»Dann hoffe ich«, fuhr Lady Igraine fort, »daß Sie sich dem festlichen Anlaß entsprechend benehmen.«

»Welcher Anlaß?« Das konnte doch nicht etwa bedeuten ... Ich wandte mich dem Spiegel zu und sah wieder das blaue Kleid. Nur diesmal trug ich es und nicht eine fremde Frau. Entsetzen packte mich wieder. Es war das gleiche Kleid wie die Gewänder von Lady Igraine und Mrs. Beecham, nur in einer anderen Farbe. Ich sollte an ihren widerlichen Ritualen teilnehmen. Nur mühsam brachte ich hervor: »Sie können nicht...«

»Es ist notwendig, daß Sie dabei sind.«

»Nein, Sie können nicht...«

»Es steht geschrieben, daß es so sein muß. Wenn Sie unser Geheimnis nicht entdeckt hätten, wäre Ihre Anwesenheit nicht erforderlich.«

Ich rang die Hände. »Es ist zu grausam, mir mein Kind wegzunehmen und dann...« Mir versagte die Stimme.

»Ich weiß gar nicht, warum Sie sich so aufregen«, sagte Lady Igraine ruhig. »Das Kind hat nicht einmal einen Namen.«

Lange starrte ich ihr Gesicht im Spiegel an. »Edward hat... hat es Ihnen erzählt?« Es war ungeheuerlich, wieder war ich von dem Mann verraten worden, der beteuert hatte, mich zu lieben.

»Edward Trelwyn hat nur bestätigt, was Mrs. Beecham schon vor langer Zeit vermutet hatte.«

Ich fuhr zu Lady Igraine herum, und meine alte Wut und mein Kampfgeist kehrten wieder zurück. »Auch wenn mein Kind keinen Namen hat, ist es mir nicht weniger lieb und teuer. Roxanne hat einen guten... einen wunderbaren Vater...«

»Wenn er so gut und wunderbar war, warum hat er Sie dann nicht geheiratet?«

»Er ist tot, er ertrank auf hoher See.«

Sie kräuselte ihre Lippen. »Eine glaubwürdige Geschichte, muß ich sagen, die in solchen Fällen oft erzählt wird.«

»Glauben Sie, was Sie wollen«, erwiderte ich. »Aber Sie, Sie alle werden dafür bezahlen, wie sehr Sie Ihre falschen Götter auch besänftigen mögen. Ich werde alles daransetzen, daß Sie für dieses Verbrechen bestraft werden.«

Lady Igraine und Mrs. Beecham wechselten einen Blick. »Wenn ich zu entscheiden hätte«, sagte Lady Igraine kalt, »würde ich vollkommen sichergehen, daß Sie für immer schweigen. Aber Edward hat Gefallen an Ihnen gefunden.«

Die Worte, die ich im Delirium gehört hatte, wurden mir plötzlich wieder bewußt. ›Das macht all Ihre Pläne zunichte, Lady Igraine.‹ Ihre herrlichen Pläne für ihren einzigen Enkel.

»Lady Igraine«, bat ich, »wenn Sie mich und mein Kind gehenlassen, wäre dies nur zu Ihrem Vorteil. Edward wird dann höchstwahrscheinlich Witwer bleiben, und der kleine Aubrey wird eines Tages Hoherpriester werden.«

Lady Igraine lachte. Es war ein schauerliches, hartes Lachen. »Wie klug von Ihnen, mich damit bestechen zu wollen. Ich muß zugeben, dieser Gedanke ist mir auch schon einmal gekommen. Aber meine Ehrfurcht verbietet es mir, mich gegen den Erzdruiden zu stellen. Meine Wünsche sind den seinen immer untergeordnet. Außerdem haben wir diese Feier schon sehr lange vorbereitet. Von überall her kommen unsere Anhänger, und ich möchte sie nicht enttäuschen, und ganz besonders Edward nicht.«

Es war widerwärtig, wahnsinnig, dachte ich, von einem Ritualmord zu sprechen, als handle es sich um ein festliches Diner. Lieber Augustus, ich bin so froh, daß Du kommen kannst..., hieß es in dem Brief, den ich zu spät entdeckt hatte.

»Nehmen Sie mich«, flehte ich. »Verschonen Sie das Kind, opfern Sie mich.«

Sie warf mir einen verächtlichen Blick zu. »Kommen Sie, Mrs. Beecham«, sagte sie. »In einer Stunde müssen wir uns auf den Weg machen.«

»Sie können doch nicht...«

»Ich würde Ihnen empfehlen, Mrs. Waverly, sich zu beruhigen. Und bitte, machen Sie keine Dummheiten. Garwin hält vor der Tür Wache.«

Ich blieb ganz ruhig sitzen, nachdem sie mich verlassen hatten. Ich fühlte mich alt und leer, eine alte Frau, deren Herz tot war, und deren leidgeprüfter Körper nur noch ein rasches und barmherziges Ende herbeisehnte.

Ich weiß nicht, wie lange ich dort gesessen hatte, als ich den Gesang vernahm. Er schwoll an und ab wie die Wellen des Meeres an einem entfernten Ufer. Er wurde immer lauter und rüttelte mich aus meiner Lethargie. Die Tür wurde geöffnet. An jeder Seite stand ein Diener, jeder trug eine brennende Fackel. Ich stand langsam auf, und meine Knie zitterten so heftig, daß ich keinen Schritt gehen konnte.

Eine weiße Gestalt kam durch die Tür, und als sie meinen Arm nahm, erkannte ich Stuart Igraine. »Sie sind wirklich eine Schönheit«, sagte er leise und sah mich mit hungrigen Augen an.

»Stuart«, begann ich zögernd. »Stuart, wenn Sie nur ... mein Kind retten würden, werde ich alles tun, was Sie verlangen.«

»Nun fallen Sie endlich doch auf die Knie. Sie flehen mich an.«

»Ja, ich bitte Sie inständig ... für Roxanne. Ich werde alles tun, alles, was Sie wollen.«

»Ah, wie verführerisch das klingt. Aber da ist noch Edward.«

»Edward ist mir gleichgültig. Er braucht nichts davon zu erfahren.«

»So«, meinte er hämisch. »Sie würden also meine Geliebte werden. Aber warum soll ich mich Ihren Bedingungen unterwerfen, wenn ich ohne sie auch haben kann, was ich will?« Seine schmalen Lippen verzogen sich zu einem Lächeln. »Wenn Sie sich auch immer so unnahbar und anständig verhalten, ich weiß, daß Sie dazu neigen, sich freiwillig hinzugeben.«

»Ich hasse Sie«, zischte ich.

Mrs. Beecham erschien an der Tür »Wir sind bereit«, sagte sie.

Sie führten mich aus dem Zimmer. Ich weiß nicht, wie ich es selbst mit ihrer Hilfe fertigbrachte, einen Fuß vor den anderen zu setzen. So ist es also, dachte ich, wenn die Verurteilten zum Galgen geführt werden.

Wir schritten durch die Eichentür hinaus in die mondlose Nacht, nur die Fackeln warfen gespenstische Schatten auf die Schloßmauern hinter uns. Sie stimmten den feierlichen Gesang wieder an, und die Prozession zog wie eine schimmernde Raupe durch den Torbogen die Auffahrt hinunter.

Der geheimnisvolle, uralte Hain erwartete uns, so wie er immer gewartet hatte, jahrtausendelang. Als wir unter den dunklen Bäumen angelangt waren, schienen sie ihre Zweige nach uns auszustrecken, so wie an dem Tag, als ich nach Schloß Awen gekommen war. Sie hatten mich erschreckt und mir Übelkeit verursacht, aber niemals wäre es mir in den Sinn gekommen, daß sie eines Tages das Liebste von mir fordern würden.

Als wir auf die Lichtung hinaustraten, sah ich, daß zwei Körbe von einem Gestell herunterhingen, ein großer und ein kleiner. Unter jedem waren getrocknete Zweige aufgehäuft.

Ungerührt betrachtete ich den größeren Korb. Er war für ein zweites Opfer bestimmt. Lady Igraine hatte davon nichts erwähnt, und ich fragte mich ein wenig benommen, ob er vielleicht für mich gedacht war. Warum auch nicht? Ich war ihrem Geheimnis auf die Spur gekommen, und Lady Igraine wußte ganz genau, daß ich niemals schweigen würde. Wahrscheinlich hatte sie Edward inzwischen davon überzeugt, daß mein Tod unumgänglich war. Es steht geschrieben, würde sie argumentieren. Die alten Gesetze würden es verlangen. Aber was machte das schon aus? Nur der Gedanke, bei lebendigem Leib verbrannt zu werden, erfüllte mich mit Entsetzen, sonst hatte ich keine Angst mehr vor dem Tod, da ich nun Adam und Roxanne verloren hatte.

Es wurde ein doppelter Kreis gebildet, und als der letzte seinen Platz eingenommen hatte, verstummte der Gesang in der kühlen Nachtluft. Ich blickte von einem zum anderen. Die Dienstboten waren wie ich in Blau gekleidet. Mrs. Beecham und Mrs. Daisy trugen grüne Gewänder. Und in den weißen Roben der obersten Druiden erkannte ich einige der Gäste, die uns vor Weihnachten besucht hatten; Dr. Crammer mit seinem riesigen Bauch, Lady Pond, die vorstehende Zähne hatte und abwesend lächelte, und auch Lord Igraine mit seiner Frau.

Ich sah mich zweimal in dem Kreis um, aber ich konnte weder Lady Igraine noch Edward Trelwyn entdecken. Minuten vergingen. Der Kreis wurde unruhig. »Es ist der andere«, hörte ich jemanden hinter mir murmeln. »Sie können Silchester, den Stallburschen, nicht finden.«

Der andere Korb. Er war also doch nicht für mich bestimmt, sondern für diesen armen Tölpel von einem Stallburschen. Vielleicht hatte er mit seinem bißchen Verstand die Gefahr gespürt, die mir zu spät bewußt geworden war. Miß Tomkins hatte sie jedoch erkannt. Sie hatte sich erhängt, und ich hatte sie für feige gehalten. Aber jetzt fragte ich mich, ob sie nicht viel mutiger gewesen war als ich und eine weitaus bessere Mutter. Würde sie jetzt hier stehen, halb betäubt und in ihr Schicksal ergeben und darauf warten, daß man ihr Kind lebendig verbrannte?

Ich taumelte nach vorn und versuchte, mich von Stuarts und Mrs. Beechams Griff zu befreien. Mein Herz begann wild zu pochen. »Nehmen Sie sich zusammen«, warnte Mrs. Beecham und krallte ihre Finger in meinen Arm.

Plötzlich hörte das Murmeln auf, und alle Gesichter nahmen einen feierlichen Ausdruck an, als Lady Igraine und Edward Trelwyn in den Kreis traten. Lady Igraine trug ein kleines Bündel auf dem Arm.

»Roxanne!« Mein Schrei ging in dem plötzlich ausbrechenden lauten Gesang unter. Am liebsten hätte ich mich auf sie alle gestürzt. Ich wollte sterben.

Edward Trelwyn trug eine weiße Robe, die mit glitzerndem Gold verziert war, ein Diadem schmückte sein Haupt, und eine bronzene Inschrifttafel hing an einer Kette um seinen Hals. Hoherpriester. Hohermörder. Er hob die Hand, und Stille trat ein. »Das Fest wird ohne unser zweites Opfer stattfinden«, sagte er.

Silchester hatte sich retten könne. Lebewohl, Silchester.

»Aber ich bin sicher, die Götter ...«, fuhr Edward fort. Ich konnte nicht länger zuhören. Es interessierte mich nicht, was er zu sagen hatte. Mit all meiner Kraft konzentrierte in mich nur auf das kleine Bündel in Lady Igraines Armen, als ob mein Wille allein sie befreien könnte.

»Roxanne!« Eine Hand legte sich auf meinen Mund, aber innerlich schrie ich weiter: »Roxanne! Roxanne!«

Wie durch einen Schleier sah ich Lady Igraine in die Mitte des Kreises treten. Sie legte das Bündel in den kleinen Korb. Eine einzige Fackel näherte sich dem Korb. Der Gesang schwoll zu einem unheimlichen, ohrenbetäubenden Jubelschrei an.

Dann — plötzlich — übertönten Rufe den Gesang. Viele Stimmen riefen durcheinander, es herrschte große Verwirrung, das Auflodern der Flammen, die weißen Gestalten, die blauen und die grünen, sie drängten sich an mir vorbei und verschwanden zwischen den Bäumen.

Ich sah einen kräftigen, großen Mann mit breiten Schultern und in rauher Arbeitskleidung, der mein Kind aus dem Korb nahm. Silchester! Er hatte mich doch verstanden. Er war mir zu Hilfe gekommen. Ich versuchte, ihm entgegenzugehen, stolperte und fiel hin. Ich erhob mich und sank wieder zu Boden. Silchester kam mit Roxanne auf mich zugelaufen. Mit einem starken Arm hob er mich hoch.

Dann sah ich sein Gesicht in den ersten Strahlen der aufgehenden Sonne. Er hatte keinen Bart mehr, und sein Haar war nicht mehr lang und struppig. Ich starrte ihn sprachlos und ungläubig an. Es mußte ein Traum sein. Ich war in dem Bett meines weißgoldenen Zimmers am Hyde Park eingeschlafen und hatte alles nur geträumt, träumte immer noch, die Wut meines Vaters, der Salon bei Mrs. Jarvis, Schloß Awen, Lady Igraine, sogar Roxanne. Entweder war es ein Traum, oder ich war mit meinem Kind gestorben und im Himmel, den Lady Igraine so verachtete. Denn der Mann, in dessen Gesicht ich starrte, war nicht Silchester.

Es war Adam.

17

Ich fing an zu lachen. Ich lachte, bis ich Seitenstiche bekam und die Tränen über mein Gesicht liefen. »Himmel!« schrie ich. »Himmel!« Und dann umgab mich wohltuende Dunkelheit.

Ich öffnete die Augen und blinzelte in das grelle Sonnenlicht. Ein rotwangiges Engelsgesicht mit einem silbrigen Haarkranz beugte sich über mich. Ein älterer Engel? »Wer...?«

»Ich bin Vikar Fowler, meine Liebe«, sagte der Engel.

Ich lag in einem fremden Bett. An den Fenstern hingen geblümte Musselinvorhänge. »Wo bin ich?«

»Sie sind im Pfarrhaus.«

»Und...« Ich zögerte. »... und Roxanne?«

»Sie ist in Sicherheit.«

Kein Traum, nicht der Himmel, und Roxanne war in Sicherheit. Ganz sicher, das hatte doch Lady Igraine einmal gesagt. Aber sie hatte gelogen. Und Edward auch. So viele freundliche Menschen waren später genau das Gegenteil gewesen. Aufmerksam betrachtete ich den Vikar. Ob er nun ein Engelsgesicht hatte oder nicht, er konnte einer von ihnen sein.

»Die Rituale, die Druiden?« fragte ich vorsichtig.

»Die meisten von ihnen haben wir erwischt; sie sind hinter Schloß und Riegel. Ihr Kind...«

Ich umklammerte seinen Arm. »Wo ist sie?«

»Neben Ihnen, meine Liebe.«

Ich wandte den Kopf. Roxanne lag friedlich schlafend zwischen zwei Kissen eingebettet. Behutsam, um sie nicht aufzuwecken, nahm ich sie in meine Arme.

Der Vikar lächelte mir zu. Er gehörte nicht zu ihnen.

»Es ist noch jemand hier, den Sie sicherlich gerne sehen möchten«, sagte er.

Verwirrt blickte ich ihn an.

»Ich habe ihn draußen warten lassen, bis ich sicher war, daß es Ihnen wieder gut geht. Der Schock, den Sie nach allem, was Sie durchgemacht haben, erlitten, hat Sie hysterisch werden lassen, und wir möchten, daß dies nicht wieder geschieht.«

»Wer? Ich glaube, ich sah...« Ich konnte seinen Namen nicht aussprechen. Es konnte einfach nicht wahr sein.

»Adam Hayworth. Ganz recht. Fühlen Sie sich stark genug?«

»Ja. Oh, ja!«

Er kam herein, immer noch in der rauhen Kleidung eines Stallburschen, aber sein Gesicht war, wie ich es in Erinnerung hatte, sein Lächeln, seine haselnußbraunen Augen. »Adam...«

Er nahm mich und Roxanne in die Arme und küßte uns beide. »Bist du es wirklich?« fragte ich und berührte sein Gesicht.

»Ja, ich bin es.« Er küßte mich wieder.

»Aber man hat mir gesagt, du seist ertrunken. Man hat dich für tot erklärt.«

»Ich kann verstehen, warum man das angenommen hat. Ich...«

»Warum hast du dich nicht zu erkennen gegeben? Und warum trägst du Silchesters Kleider, und warum ...?«

»Eine Frage nach der anderen, mein Liebling. Ich trage Silchesters Arbeitskleidung, weil ich bis gestern nacht Silchester war. Verstehst du ...«

»Aber warum habe ich dich nicht erkannt?« Dann fiel mir plötzlich ein, daß Silchester mich jedesmal an Adam erinnert hatte.

»Ich nehme an, es lag an dem Bart und meinem struppigen Haar«, meinte er.

»Ja, ja. Und wenn ich jetzt darüber nachdenke, habe ich dein Gesicht nie richtig gesehen, immer nur im Nebel oder bei Nacht oder im Schatten. Erst ... war es heute morgen ...?«

»Als ich keinen Bart mehr trug.«

»Ich hätte es wissen müssen.«

»Wie konntest du das, wenn ich mich selbst nicht kannte? Ich hatte nämlich mein Gedächtnis verloren. Wahrscheinlich habe ich einen Schlag auf den Kopf bekommen, als das Schiff sank, und meine Vergangenheit war wie ausgelöscht. Einige von Trelwyns Leuten fanden mich an dem felsigen Ufer unterhalb von Awen. Ich war besinnungslos, meine Kleider waren zerrissen, und sie brachten mich ins Gutshaus. Daran kann ich mich jedoch nicht erinnern, denn ich kam erst wieder zu Bewußtsein, als ich in dem Stall erwachte. Ich wußte nicht einmal mehr meinen Namen. Ich wußte nicht, wer ich war und woher ich kam. Ich konnte auch nicht sprechen. Als sie mir erklärten, ich sei Silchester und sei von einem Pferd getreten worden, glaubte ich ihnen. Also mußte ich in den Ställen arbeiten, und es kam mir nicht merkwürdig vor, daß ich alles noch einmal lernen mußte, was ich nach ihren Worten doch mein Leben lang getan hatte.«

»Aber Edward ... Mr. Trelwyn hat nichts davon gesagt, daß du am Strand gefunden wurdest ...«

»Ich glaube, zuerst hatte er Angst, daß ich dein ... Ehemann sein könnte.« Er lächelte.

»Ja, ich hatte erklärt, daß mein ... mein Mann auf See ertrunken war.«

»Aber als du mich nicht erkanntest, hielt er an seiner Geschichte fest. Er wollte nicht riskieren, daß ich mein Gedächtnis wiedererlangte. Er hatte andere Pläne mit mir.«

»Ja.« Ich erschauerte und dachte an den großen Weidenkorb.

»Ich wurde gut behandelt und konnte mich nicht beklagen. Er war ein liebenswürdiger Mann...«

»Ja«, unterbrach ich ihn. Ich vermied es, ihn anzusehen. Errötend, aber entschlossen, ihm die Wahrheit zu sagen, fuhr ich fort: »Mr. Trelwyn wollte mich heiraten.«

Er beugte sich herunter und küßte mich. Dann lächelte er. »Das kann ich ihm nicht verdenken. Und du?«

»Nein! Niemals!« Er lächelte immer noch. »Aber du hast mir noch nicht erzählt, wie du dein Gedächtnis wiedergefunden hast.«

»Es fing damit an, als ich dich damals das erstemal in dem Stall gesehen habe, dich und die Igraines...«

»Ah, ja. Wie du mich angestarrt hast.«

»Dein Gesicht beunruhigte mich. Es berührte etwas in mir. Ich hatte auf einmal Visionen von irgendwie vertrauten Gesichtern, Stimmen, Begebenheiten, seltsame Erscheinungen, die plötzlich auftauchten und wieder verschwanden. Verzweifelt versuchte ich, diese Visionen festzuhalten. Ich fragte mich, ob du mit ihnen in Verbindung stehen könntest, und ich hielt mich in der Nähe des Schlosses auf, wann immer es mir möglich war.«

»Als ich jedoch aus der Tür trat, liefst du weg.«

Er schüttelte den Kopf. »Ich weiß nicht, warum, außer daß ich als der Stallbursche Silchester zu der Zeit nicht in der Nähe des Schlosses sein durfte, und ich hatte Angst, man würde mir verbieten, das Schloßgelände wieder zu betreten.«

»Ich versuchte zu entkommen. Ich wollte dich um Hilfe bitten.«

Er nahm mich in die Arme und hielt mich lange fest. »Wenn ich es nur gewußt hätte, mein Liebling. Als ich dann später an diesem Abend neben der Kutsche stand und du aus dem Haus kamst... dein Gesicht in der hell erleuchteten Tür, dieses liebe Gesicht...«

»Und du fragtest mich nach meinem Vornamen...«

»Charlotte. Ich hörte kaum, was du sonst noch zu mir sagtest, so sehr habe ich mich auf dein Gesicht konzentriert, auf deine Stimme, deinen Namen. Charlotte. Charlotte. Wie mir dieser Name zu schaffen machte. Zwei Nächte und zwei Tage lang. Meine Gedanken waren aufgewühlt; Hayworth Hall, das Schiff, der Sturm, Charlotte. Dann plötzlich, wie von einem Blitzschlag getroffen, wußte ich wieder, wer ich war. Adam Hayworth. Ich erinnerte mich an das sinkende Schiff, an dich — an alles.

Mein erster Gedanke war, zu dir zu laufen. Ich erinnerte mich daran, daß du mich um Hilfe gebeten hattest. Aber als ich darüber nachdachte, glaubte ich, mich geirrt haben zu müssen. Du hattest eine wichtige Stellung im Schloß und warst ein gern gesehener Gast in Mr. Trelwyns Haus. Warum solltest du einen Stallburschen um Hilfe bitten? Außerdem wußte ich, daß du den Namen Mrs. Waverly trugst, und ich nahm an, daß du einen anderen geheiratet hattest, nachdem dir die Nachricht von meinem Tod überbracht worden war. Die Dienstboten, die ich befragte, schienen nicht viel zu wissen. Einer meinte, du seist Witwe oder dein Mann fahre zur See. Ich beschloß, Mr. Trelwyn selbst zu fragen.

Man sagte mir, ich würde ihn in der Bibliothek antreffen. Ich wollte gerade anklopfen, als ich die Stimme einer Frau vernahm. Es war die Haushälterin von Schloß Awen.«

»Mrs. Beecham«, sagte ich. »Sie ist diejenige, die mich eingestellt hat.«

»Ich wäre wieder gegangen, aber dann hörte ich meinen Namen, oder vielmehr Silchesters. Deshalb hörte ich zu.

›Silchester hat keine Ahnung von seiner Rolle in dem Ritual?‹ fragte die Frau.

›Gar keine‹, erwiderte Mr. Trelwyn. ›Es ist ein großes Glück für uns, ihn zu haben. Ich glaube fest daran, daß er uns geschickt wurde, damit wir ihn zusammen mit dem Kind opfern können. Unsere Anhänger aus Wales werden bald eintreffen. Ich habe sie eingeladen. Sie sollen eine wahre Opferfeier der Druiden miterleben.‹

Druiden, Opfer. Es war mir unbegreiflich«, fuhr Adam fort. »Ich lauschte weiter. Edward Trelwyn sagte: ›Sie werden beide in den traditionellen Körben geopfert. Sind diese schon vorbereitet?‹

›Natürlich, Sir. Sie sind aus Weidengeflecht und werden gut brennen.‹

Charlotte, in diesem Augenblick erkannte ich, was dein Hilferuf bedeutet hatte. Ich kann dir nicht sagen, welches Entsetzen mich ergriff. Ich stand vor der Tür, zu Tode erschrocken und unfähig, mich zu bewegen.

›Wie verhält sich Mrs. Waverly?‹ hörte ich Mr. Trelwyn fragen. ›Ist sie heute morgen etwas umgänglicher?‹

›Umgänglich genug. Nachdem sie geschrien und sich wie ein Marktweib aufgeführt hat ...‹

›Mrs. Beecham, ich möchte Sie daran erinnern ...‹

›Verzeihen Sie, Sir. Ich habe mich einen Augenblick vergessen.‹

›Nun, Charlotte wird darüber hinwegkommen. Sie ist eine ungewöhnliche Frau. Es gibt nicht viele Frauen, die einen falschen Namen angenommen und sich so tapfer verhalten hätten, wenn sie ein uneheliches Kind erwarten.‹

Erst dann wurde mir bewußt, was ein erfahrener Mann sofort bemerkt hätte. Vor neun Monaten war ich von dir fortgegangen. Das konnte nur mein Kind sein.

In dem Augenblick, als ich die volle Wahrheit erkannte, wäre ich am liebsten in die Bibliothek gestürmt, um Mr. Trelwyn niederzuschlagen. Aber glücklicherweise hielt mich mein Verstand zurück. Ich hätte ihn vielleicht überwältigen können, aber innerhalb weniger Minuten hätte Mrs. Beecham das ganze Haus alarmiert, und ich hätte nichts weiter unternehmen können.

Und so schlich ich mich aus dem Haus, um im Dorf Hilfe zu holen. Aber nichts konnte diese armen, abergläubischen Leute überzeugen, daß du auf ihre Hilfe angewiesen warst. Sie fürchteten sich vor ›der weißen Dame von Awen‹, wie sie Lady Igraine nannten, und auch Mr. Trelwyns Haus flößte ihnen schon von jeher Angst ein. Schließlich, nach mehreren Stunden sinnloser Diskussion, wurde der Vikar herbeigerufen. Er wußte, daß Lady Igraine das Christentum verspottete und sich für alte Religionen interessierte. Ihm waren auch Erzählungen über die Igraines und Edward Trelwyn zu Ohren gekommen, denen er wenigstens teilweise Glauben schenkte. Als ich ihm dann von dem unmittelbar bevorstehenden Ritual berichtete, rüttelte er die Dorfbewohner auf und appellierte an ihre Christenpflicht, und im Nu hatten wir das ganze Dorf für unser Vorhaben gewonnen. Wir kamen gerade noch rechtzeitig.«

»Die Hauptsache ist, daß ihr gekommen seid«, sagte ich und kuschelte mich in seine Arme.

Zwei Tage später wurden Adam und ich in aller Stille von dem Vikar getraut. Wir erfuhren, daß diejenigen, die in dem Wäldchen gestellt worden waren, Stuart, Constance, Edward Trelwyn und Mrs. Beecham waren unter ihnen, vor ein Gericht kommen würden. Da es viele Zeugen gab, die freiwillig aussagen wollten, brauchte ich der Verhandlung nicht beizuwohnen. Der Vikar versicherte mir, daß meine Aussage genügen würde. In einer alten, quietschenden Kalesche fuhr er uns persönlich nach Dartmoor, und von dort nahmen wir den Zug nach London.

Was Lady Igraine betrifft, ihr Gewand fing Feuer in dem Aufruhr, den das Erscheinen der Dorfbewohner verursacht hatte, und sie kam in den Flammen um, in denen mein Kind hatte sterben sollen.

Obwohl Lady Igraine — die ›weiße Dame von Awen‹ — mich noch lange in meinen Träumen verfolgen wird, möchte ich nicht mehr an sie denken, und auch nicht an das Schloß, das jetzt verlassen daliegt und in dessen Mauern nur noch der Seewind und die Geister der Vergangenheit zurückgeblieben sind. Mich beschäftigen jetzt andere, glücklichere Gedanken. Adam, den ich verloren hatte und wiederfand, und Roxanne, die mir fast entrissen worden war, erfüllen mein Leben mit Liebe, die wir uns gegenseitig schenken. Nicht einmal die Ablehnung meines Vaters, uns wieder zu versöhnen, oder der kalte Hochmut von Adams Mutter können einen Schatten auf unser Glück und unsere Zukunft werfen.

Nächste Woche werden wir alles hinter uns lassen, wenn wir uns nach Amerika einschiffen, nach San Francisco, wo

Adam eine Stellung als Erster Offizier auf einem Dampfschiff angenommen hat.

Mein Glück ist vollkommen. Ein neues Land, ein neues Leben mit meinen Lieben liegt vor mir. Und Adam würde sagen: »Alles ist gut, weil es wahr ist.«

DIE GROSSE HEYNE-JAHRESAKTION 1989

**Spitzentitel zum Spitzenpreis –
erstmals als Heyne-Taschenbuch**

Leonie Ossowski

Ein bewegender, poetischer Roman unserer Zeit, der den Ruhm und Erfolg einer der herausragendsten deutschen Erzählerinnen der Gegenwart begründete.

Die Journalistin Anna besucht nach dreißig Jahren das ehemals deutsche Dorf, in dem sie aufgewachsen ist. Sie begegnet vertrauten Menschen, einer alten Liebe und der neuen Wirklichkeit...

Heyne-Taschenbuch
01/7954

Wilhelm Heyne Verlag München

JOHN KNITTEL

„Man muß John Knittel in die erste Reihe unserer Erzähler stellen."

Neue Zürcher Zeitung

01/6674

01/6934

01/7634

01/7726

01/7821

Wilhelm Heyne Verlag München

Vom Autor des Weltbestsellers »Via Mala«